書下ろし

警視庁潜行捜査班 シャドー

南 英男

祥伝社文庫

目次

第一章　監察係長の死　5
第二章　汚れた刑事たち　70
第三章　策謀の気配　132
第四章　疑惑の向こう側　193
第五章　堕落の構図　254

第一章　監察係長の死

1

息ができない。

目も霞《かす》み、視界がぼやけている。次第に意識が遠のきはじめた。焦《あせ》りが募《つの》る。

岩城譲司《いわきじょうじ》は、部下の佃直人《つくだなおと》に右腕で喉《のど》を強く圧迫されていた。どんなにもがいても、チョーク・スリーパーと呼ばれる絞《し》め技は少しも緩《ゆる》まない。

「おとなしく手錠を打たれなさいよ」

背後で、佃が穏《おだ》やかな声で言った。諭《さと》すような口調だった。

犯人役の岩城は何も答えなかった。苦しくて、喋《しゃべ》れない。

日比谷《ひびや》の雑居ビルの三階にある秘密アジトのトレーニングルームだ。二十五畳ほどの広さて、隅《すみ》には各種の筋肉増強器具が並んでいる。防音室だった。

岩城は十数分前から、部下の佃と逮捕術の訓練に励《はげ》んでいた。二月上旬のある日の正午過ぎだ。外は寒い。

三十九歳の岩城は、警視庁刑事部参事官直属の潜行捜査班『シャドー』のリーダーである。ただ、そのことは非公式になっていた。四人のメンバーは、形だけ捜査一課特命捜査対策室に所属している。むろん、デスクはない。

岩城は筋肉質の体軀《たいく》で、身長は百八十センチ近い。柔剣道は二段だが、射撃術は上級だ。並のSPよりも命中率は高かった。

『シャドー』の司令塔は綿引歩《わたびきあゆむ》刑事部長だが、伝達は神保雅之《じんぼまさゆき》参事官が担《にな》っている。刑事部長が五十一歳、参事官は四十七歳だ。

どちらも警察官僚《キャリア》だが、妙なエリート意識をちらつかせることはなかった。綿引が警視監で、神保は警視長だった。

『シャドー』は、殺人以外の違法捜査が黙認されている特殊なチームだ。支援組織は、捜査一課特命捜査対策室である。メンバーたちは感謝を込めて、特命捜査対策室を〝本家〟と呼んでいた。チームの存在を知っているのは、刑事部長と参事官のほかに捜査一課長、副総監、警視総監の三人しかいない。

『シャドー』は綿引の指令で、特命事件の真相解明にいそしんでいる。その大半は未解決事件の継続捜査だ。

本家の捜査員たちは粒揃《つぶぞろ》いだった。それでも、難事件の真相に迫《せま》れないことも少なくない。そこで綿引刑事部長が右腕である神保参事官と相談し、非合法捜査班『シャドー』を一年前に密《ひそ》かに発足させたのだ。

リーダーに抜擢《ばってき》された岩城は、本庁第四強行犯《きょうこうはん》捜査殺人犯捜査第八係の係長を務《つと》めていた。職階は警部だ。

岩城は中野《なかの》区内で生まれ育った。都内の名門私大の政経学部を卒業し、警視庁採用の一般警察官《ノンキャリア》になった。

子供のころから曲がったことは嫌いだったが、何か思い入れがあって警察官を志願したわけではない。平凡な勤め人になりたくなかっただけだ。

高輪《たかなわ》署の地域課勤務が振り出しだった。一年後には四谷《よつや》署刑事課強行犯係に転属になり、その後《ご》は所轄署で一貫して凶悪犯罪の捜査に携《たずさ》わってきた。

本庁捜査一課に引き抜かれたのは、八年前の秋だった。岩城は殺人犯捜査第五係を拝命した後《あと》第三係、第十係と異動になって三年前に第八係の係長になった。『シャドー』のリーダーに選ばれたのは、殺人事件を数多く解決に導《みちび》いた実績があったからだ。

岩城は三人のユニークな部下と力を合わせ、この一年間に五件の難事件を落着させた。メンバーには一件に付き三十万円の特別手当が支給されるが、表向きの手柄はすべて本家に譲《ゆず》る恰好《かっこう》になっている。

「もう観念したら？」

佃が、ふたたび優しい声音《こわね》で言った。岩城は息が詰まって返事すらできなかった。

「もう少し腕に力を入れたら、あなたは意識を失う。それでもいいんですね？」

「こ、降参だ。早く力を緩めてくれーっ」

岩城はもっともらしく訴《うった》えた。まだ限界には達していなかった。策略だった。

佃が素直に腕の力を抜いた。反撃のチャンスだ。すかさず岩城は靴の踵《かかと》で、佃の右脚《みぎあし》の向こう臑《ずね》を強く蹴《け》った。骨と肉が鳴る。

佃が呻《うめ》いた。腰の位置が下がった。隙《すき》が生まれた。

岩城は腰を捻《ひね》り、右の肘打《エルボー》ちを佃の鳩尾《みぞおち》に叩《たた》き込んだ。

佃が唸《うな》りながら、膝《ひざ》から崩れる。腕が浮き、絞め方が甘くなった。岩城は体を反転させ、佃を捻り倒した。すぐに床《ゆか》に這《は》わせて、部下の手錠をサックから引き抜く。

「公務執行妨害が加わるぞ」

佃が全身でもがきながら、大声で通告した。

岩城は薄く笑って、膝頭で佃の腰を押さえ込んだ。すぐさま後ろ手錠を掛ける。

「残念だったな。佃は関節技をマスターしてるが、その自信が油断を招《まね》くんだ」

「リーダーのおっしゃる通りですね。チョーク・スリーパーが極《き》まりかけてたんで、つい油断してしまったんです」

「やっぱりな」

「すみません。手錠《ワッパ》の鍵は、上着の右ポケットに入ってますんで……」

佃が言った。岩城は無言でうなずき、部下のツイードジャケットのポケットを探《さぐ》った。

佃警部補は三十六歳で、『シャドー』入りするまで本庁組織犯罪対策部第四課に所属していた。マルボウと呼ばれている暴力団係刑事たちは巨漢で、強面《こわもて》が多い。組員と間違われる者も珍しくなかった。

無法者たちと渡り合う捜査員が軟弱では、どうしても軽く見られてしまう。そのため、約千人の組織犯罪対策部には睨《にら》みの利《き》く刑事が集められている。

そんな中にあって、佃は異色な存在だったにちがいない。貴公子然とした面立《おもだ》ちで、物腰もソフトだ。荒っぽい言葉も吐かない。

外見は優男《やさおとこ》そのものだが、佃は決して軟弱ではなかった。

凶悪な犯罪者たちには容赦《ようしゃ》がない。笑顔を崩《くず》すことなく、悪人どもの顎《あご》や肩の関節を瞬時に外《はず》してしまう。時には、二本貫手《ぬきて》で犯罪者の両眼を潰《つぶ》す。声を荒らげたりしないから、かえって不気味だ。

殺人事件の捜査は、何も捜査一課の専売特許ではない。暴力団絡《がら》みの殺人事件は組対部《そたいぶ》の守備範囲である。

所轄署時代から暴力団係を務めてきた佃は、裏社会で起こった殺人事件を何件も解決させた。その功績が高く評価され、綿引刑事部長に『シャドー』に引き抜かれたのだ。

佃は千葉《ちば》県船橋《ふなばし》市出身だが、大学生のころに親許を離れた。中小企業のオーナー社長である父親はワンマンタイプで、三人の息子に自分の価値観を押しつけていたらしい。末っ子の佃は大学に入って間もなく、安アパートで暮らすようになったという。家賃はアルバイトで得た金で払いつづけたそうだ。

佃は四年前に銀座《ぎんざ》の老舗《しにせ》和装小物店主のひとり娘と結婚し、妻の実家で義理の両親と生活を共にしている。要するに〝マスオさん〟だが、卑屈《ひくつ》な面を見せたことはない。

佃は二歳の娘を溺愛《できあい》していた。妻の実家は目黒《めぐろ》区柿《かき》の木坂《きざか》の邸宅街にある。美人妻は元アナウンサーだ。佃の大学の後輩で、二つ若い。

岩城は屈《かが》んで、部下の手錠を外した。

「さすがリーダーですね。いい勉強になりました。それにしても、ドジだったな」

佃が頭に手をやった。岩城は佃を摑《つか》み起こし、手錠とキーを返した。

「今度は、自分が犯人役を演じましょう」

佃が言った。

「逮捕術の訓練はこのくらいにしておこう」

「それでは、ほかのメンバーを誘って勝島《かつしま》の射撃訓練場でシューティングに励みましょうよ。自分、射撃術はまだ上級じゃないんで、せいぜいトレーニングしませんとね」

「おまえは片手撃ちの姿勢のとき、いつも肩に力が入ってる。だから、伸ばした腕が上下に動いてしまうんだ」

「力《りき》まないよう心掛けてはいるんですが……」

「まだ力が入ってるな。ハンドガンがほぼ静止してれば、弾道は大きくは逸《そ》れないもんなんだ」

岩城は言って、先にトレーニングルームを出た。佃が従《つ》いてくる。

三十畳ほどのスペースの事務フロアには四卓の事務机が据《す》えられ、壁際にキャビネットやロッカーが並んでいる。『シャドー』のアジトは、イベント企画会社『エッジ』のオフィスを装っていた。もちろん、ペーパーカンパニーだ。

事務フロアのほぼ中央に、八人掛けのソファセットが据えてある。メンバーの瀬島利佳《せじまりか》と森岡隆次《もりおかりゅうじ》がコーヒーテーブルを挟《はさ》んで、チェスに興《きょう》じていた。

時間潰《つぶ》しだ。チームの四人は原則として月曜日から金曜日は『エッジ』に詰め、極秘指令を待つことになっていた。といっても、規則はそれほど厳しくない。

メンバーは平日、午前十時前後にアジトに顔を出して夕方まで待機する。神保参事官からの指令が下《くだ》らなければ、その日の仕事は終わりだ。土・日は非番である。

「そろそろ勝負がつきそうなのかな」

岩城はソファセットの横まで歩き、紅一点の利佳に声をかけた。

「勝つ気なら、とっくに片をつけてますよ。だけど、それでは退屈しのぎにならないでしょ?」

「おい、言うじゃないか」

森岡が対抗心を剝《む》き出しにした。

「森岡さんは将棋と囲碁《いご》は強いのに、どうもチェスは弱いようで……」

「生意気言いやがって。まだ勝負はついてないぞ。瀬島、おれを侮《あなど》るなよ。いいなっ」

「わたしが本気になったら、あと二手で詰んじゃいますよ」

「おい、大きく出たな。手加減は無用だ」

「大先輩の自尊心を傷つけてもいいのかしら」

「上から目線になりやがって。勝負ってもんは最後までわからないぜ」

「余裕かましてると、森岡さんに恥をかかせちゃいますよ」

利佳がほほえみながら、最年長の仲間を挑発した。

二十七歳の瀬島利佳は、まだ巡査長だ。チームに加わる前は、本庁鑑識課第一現場鑑識対策部でDNA採取、特命事件の鑑識活動をしていた。そんなことで、科学捜査の知識は豊かだった。

利佳の見解が解決の手がかりになったこともあった。彼女は犯罪を憎んでいるが、やたら正義感を振り翳《かざ》すことはなかった。美貌とプロポーションに恵まれているが、それを鼻にかける厭味《いやみ》な女性ではない。

裏表のない性格で、社会的弱者に注ぐ眼差《まなざ》しは優しかった。利佳はストレスが溜《た》まると、〝ひとりカラオケ〟で発散させているようだ。

交際相手は、科学捜査研究所で文書鑑定に従事している。三つ違いの恋人は大のカラオケ嫌いらしい。趣味や価値観が合致していないようだ。

利佳はスイーツに目がなかった。体重を気にしつつも、ホテルのケーキバイキングにはよく行っている。静岡《しずおか》県沼津《ぬまづ》市出身で、数年前から中目黒《なかめぐろ》のワンルームマンションに住んでいた。

チェスの相手をしている森岡隆次は、四十六歳になって間《ま》がない。『シャドー』のメンバーになるまでは、本庁第五強行犯捜査特別捜査第二係で未解決事件の捜査をしていた。

森岡は高卒の叩き上げ組で、職階は巡査部長のままだ。上昇志向がなく、階級に引け目を感じている様子はうかがえない。

森岡は持ち前の粘《ねば》りで、難事件の真相を暴《あば》いてきた。その手柄が神保参事官に認められ、チーム入りしたのだ。

福島県の会津《あいづ》育ちで、根は純朴だった。ただし、口は悪い。反骨精神が旺盛《おうせい》で、決して長いものには巻かれない。あくまでも筋を通し、俠気《おとこぎ》がある。情《じょう》には脆《もろ》かった。

二年前に妻が病死したことで、森岡は男手ひとつで高一の息子と中二の娘を育てている。自宅は赤羽《あかばね》の中古マンションだ。間取りは3LDKだったか。

森岡はずんぐりとした体型で、体毛が濃い。眉《まゆ》が太く、ぎょろ目だ。やや小柄だった。

岩城は、森岡のかたわらのソファに坐った。

佃がさりげなく事務フロアの隅に置かれたワゴンに歩み寄り、コーヒーを淹《い》れはじめた。それに気づいた利佳が振り返った。

「佃さん、わたしがコーヒーを淹れます」

「いいんだ、気にするな。それより森岡《モリ》さんを本気で追い込むなよ」

「わざと負けてやったら、森岡さんを二重に傷つけちゃうでしょ？」

「二人とも、おれに分《ぶ》がないと決めつけてやがるな。なめるなって」

森岡が口を尖《とが》らせた。

岩城は黙したままだったが、どう見ても森岡に勝ち目はなさそうだ。少し経《た》つと、佃が四つのマグカップをコーヒーテーブルの上に置いた。岩城は佃を犒《ねぎら》って、マグカップを手に取った。

佃が利佳の隣のソファに腰かけた。それから五分も過ぎないうちに、チェスの勝負がついた。負けたのは予想通り、森岡だった。

「多分、きょうも出動要請はないでしょう」

岩城は森岡に言った。

「だろうな」

「佃が淹れてくれたコーヒーを飲んだら、全員で射撃訓練をやりませんか」

「そうするか。アジトで待機してるだけだと、つい眠くなっちゃうからな。あんまり忙しいのも困るが、そろそろ動きたいね。前回の潜行捜査は一カ月以上も前だったからな」

「そうでしたね。上野《うえの》署管内で発生したキャバ嬢殺しの犯人《ホシ》が特定できなかったんで、『シャドー』に出番が回ってきたんだったな。おれたちが調べ直したら、実行犯は闇サイトで知られた殺し屋《プロ》だった。そいつを雇ったのは、一流企業の優秀な社員だったんでしたね」

「そう。上野署の捜査本部《チョウバ》と本家の特命捜査対策室は、被害者《ガイシャ》に二千数百万も貢《みつ》いだ東証一部上場企業の若い経理課員を怪しんだ。けど、そいつには完璧《かんぺき》なアリバイがあった。で、すぐに捜査対象者リストから除外しちまった」

「そうしたのは早計でしたよね。その経理課員が偽名を使って、被害者《マルガイ》が働いてたキャバクラで豪遊してたという情報も摑んでたのに、競馬で大穴を当てたという供述を鵜呑《うの》みにしてしまったんですから。経理課員にれっきとしたアリバイがあったからって、代理殺人を疑わなかったのは……」

「まずいね。はっきり言って、ミスだな。若い経理課員がお気に入りのキャバ嬢に二千万円以上も注《つ》ぎ込んでたんだぜ。自分のアリバイを用意しておいて、第三者にキャバ嬢を始末させたと疑ってみるのが普通だよな。だが、経理課員はノーマークになっちまった」

「そうだったようですね。おれたちのチームが再捜査をしたら、後《のち》に加害者と判明した経理課員は会社の金を巧《たく》みな手口で横領して、せっせとキャバクラに通ってたことが明らかになりました。高いドンペリを何本も抜かせて、お気に入りのキャバ嬢の売上に協力してた」

「ああ、そうだったな。犯人《ホシ》はキャバ嬢にブランド物のバッグや腕時計をたくさんプレゼントしてたのに、たったの一回もホテルにはつき合ってもらえなかった。キスだけは許してもらえたみたいだけどな」

「キャバ嬢は、女擦《ず》れしてない経理課員を最初っからカモにする気だったんでしょう」

「リーダー、そうに決まってますよ。ダガーナイフで自宅マンションの前で刺し殺されたキャバ嬢は自称ミュージシャンのヒモ男と同棲してたんですから」

佃が口を挟んだ。

「だろうな。経理課員はキャバ嬢がいっこうに誘いに応じてくれないことを怪しんで、探偵社に彼女の尾行を依頼したんだったな。入れ揚げたキャバ嬢には同棲してるヒモがいた。彼氏はいないという言葉を真《ま》に受けてた経理課員は自分が虚仮《こけ》にされてたことを知って、殺意を懐《いだ》いたと供述した」

「キャバ嬢が二、三回、股《また》を開いてれば、殺人事件までは発展しなかったと思うぜ」

森岡が佃よりも先に口を開いた。すると、利佳が早口で注文をつけた。

「わたし、女なんですよ。森岡さん、もう少しソフトな表現をしてほしかったな」

「どう言えば、よかったんだい？　キャバ嬢は、秘密を共有してくれなかった。あるいは、甘やかな一刻《ひととき》を過ごしてくれなかったとでも言えばよかったのか」

「そこまでロマンチックな言い方をしなくても、股云々《うんぬん》はストレートすぎますよ」

「そうかね。女が少しは股を開かないと、結合できないだろうが？」

「森岡さん！」

「怒るな、怒るな。女房を亡《な》くしてから、柔肌に触れることがめっきり少なくなったんで、つい下卑《げび》た言葉を口にしちゃうんだよ。冗談はともかく、そんなことで会社の金を横領した男は闇サイトで見つけた元組員に三百万円でキャバ嬢を抹殺《まっさつ》してもらった。男にアリバイはあったが、闇サイトへのアクセスの痕跡を残してた。さらに素人のような男がはじめたばかりの闇サイトというのも幸いした。おれたちが依頼人と殺し屋志願者の囮《おとり》捜査を同時に仕掛け、キャバ嬢殺しの実行犯とサイトの管理人を一網打尽にしたんだったな」

「ええ、そうでしたね」

「コーヒーを飲んだら、みんなで勝島に行こうや」

森岡が佃と利佳を交互に見た。二人は、ほとんど同時にうなずいた。

四人は思い思いにコーヒーを飲んだ。『シャドー』のメンバーは、拳銃の常時携行を特別に認められていた。

岩城はオーストリア製のグロック32を持ち歩いている。十発装弾できるマガジンクリップを使っていた。予《あらかじ》め初弾を薬室《やくしつ》に送り込んでおけば、フル装弾数は十一発だ。

佃はシグ・ザウエルP230J《ジェイ》をホルスターに収《おさ》めていた。弾倉《マガジン》には八発しか入らないが、初弾を予《あらかじ》め薬室に送り込んでおけば、フル装弾数は九発になる。

利佳は、ドイツ製のH&K《ヘッケラーコッホ》のP2000を携帯しているはずだ。女性向けのコンパクトな護身用拳銃である。グリップは握りやすい。

森岡はS&W《スミスウェッソン》のM360J《エムジェイ》、通称SAKURA《サクラ》を使っている。いわゆるチーフス・スペシャルだ。小型リボルバーで、輪胴《シリンダー》には六発詰められる。だが、通常は五発しか装弾しない。

メンバーは拳銃のほかに、テイザー銃の使用も黙認されている。電極発射型の高圧電流銃《スタンガン》だ。電線ワイヤー付きの砲弾を標的に撃ち込み、五万ボルトほどの電流を流して全身の筋肉を硬直させる。相手は昏倒《こんとう》し、しばらく身動きもままならない。

アメリカの制服警官は全員、テイザー銃を所持している。型《タイプ》は数種あるが、いずれも電極ワイヤーは脱着する造りになっていた。

「さて、射撃訓練に出かけようか」

岩城は部下たちに言い、腰を浮かせた。

その数秒後、懐《ふところ》で刑事用携帯電話《ポリスモード》が着信音を発した。ポリスモードは市販の携帯電話とそっくりな形をしているが、その機能は違う。五人との同時通話が可能で、本庁通信指令本部やリモコン室に捜査員が撮《と》った写真・動画をただちに送信できる。

その画像は、捜査関係者に一斉配信されるわけだ。したがって、逃走中の犯罪者の捕捉時間が短縮され身柄確保がしやすくなる。警視庁の制服警官には、Ｐ《ピー》フォンが貸与されている。機能はポリスモードと変わらない。

岩城は黒いカシミヤジャケットの内ポケットから、手早くポリスモードを摑み出した。ディスプレイを見る。発信者は神保参事官だった。

「参事官、指令でしょうか？」

「そうなんだ。メンバーは揃ってるね？」

「はい」

「これから捜査資料を持って、『エッジ』に行く。二十分そこそこで着くと思うよ」

「わかりました。お待ちしてます」

岩城は電話を切り、気持ちを引き締めた。

2

アジトのドアが押し開けられた。

来訪者は神保参事官だった。黒革の鞄《かばん》を提《さ》げている。電話があって、まだ十五分も経《た》っていない。

「いつもご足労いただきまして、すみません。参事官、お早かったですね」

岩城は言いながら、ソファから立ち上がった。三人の部下が倣《なら》う。

「本部庁舎から日比谷公園を突っ切ってきたんだよ。運動不足だから、少しは歩かないとね。みんな、楽にしてくれないか」

神保が岩城の横のソファに坐った。

岩城たち四人は着席した。部下たち三人は、コーヒーテーブルの向こう側に並ぶ形だった。

「本家の特命捜査対策室もそれなりに任務に励んでくれたんだが、目処《めど》をつけられそうにないんで『シャドー』に動いてもらうことになったんだ。岩城君、ひとつ頼むよ」

「ベストを尽くします。確か本家は、二年一カ月前に歌舞伎《かぶき》町の裏通りで文化庖丁で刺し

殺された本庁警務部人事一課の監察係長の事件を新宿署に設置された捜査本部と合同で

「⋯⋯」

「そうなんだ。捜査本部が容疑者を特定できなかったんで、特命捜査対策室に支援させたんだがね、大きな進展はなかった。身内が殺害されたというのに、情けないじゃないか」

「そうですね。身内意識がどうということではなく、二年以上も未解決のままでは被害者は浮かばれません」

「その通りだね。人事一課監察係は、警察の中の警察と呼ばれてる」

「ええ。何か悪さをしてる警察官や職員には怖い存在でしょう」

「不心得者たちには、忌み嫌われてるだろうな。しかし、毎年五、六十人の悪徳警官や職員が懲戒免職になってる。監察の仕事は欠かせないよ」

神保が言った。岩城は同調した。

警務部人事一課は通称ヒトイチと呼ばれ、監察係は警察組織内の不正や不祥事を摘発している。警視庁所属の五万人近い警察官・職員の日頃の素行に目を光らせ、相応の処理をしていた。不倫や浪費も監察の対象になっている。

監察のトップは首席監察官だ。署長経験のある警視正がポストに就く。たいていキャリアである。要職だからだろう。

首席監察官には、二人の管理官が仕《つか》えている。その下に四人の監察係長がいて、いずれも職階は警部だ。各係長の下には主任の警部補と平の巡査部長が複数人いる。

ちなみに監察官と呼ばれるのは係長までで、部下たちは単なる監察係だ。

人事一課長には個室が与えられているが、課員たちは本部庁舎の十一階にある大部屋で働いている。俗に監察室と称されるコーナーは、奥まった場所にある。

いわゆる〝島〟だ。都内の数箇所に監察の分室があるが、独立した建物ではない。合同庁舎のワンフロアか数室を使用していた。

「殺された監察係長は工藤和馬《くどうかずま》という名で、享年《きようねん》四十だった。被害者の経歴、家族構成、事件内容は持ってきた捜査資料に載ってる。それに目を通してもらおうか」

神保参事官が黒い革鞄から四冊のファイルを取り出し、『シャドー』のメンバーに配った。

岩城は、受け取ったファイルを膝の上で開いた。表紙とフロントページの間に、鑑識写真が挟んである。岩城はカラー写真の束を手に取った。二十数葉《すうよう》ありそうだった。半分は死体写真だ。

被害者の工藤は路上に仰向《あおむ》けに倒れている。頸部と心臓部を刺され、上半身は血塗《まみ》れだった。

「司法解剖で、死因は失血死と判明した。工藤監察係長は、ほぼ即死だったようだ。ほとんど苦しまなかったことが救いだろう」

神保が岩城に言った。

「ええ。凶器は道端に落ちてますね。工藤警部は通行中に前方から現われた犯人《ホシ》に不意に刺されたんでしょ？」

「ああ、そうなんだ。加害者は工藤警部を刺した後《あと》、通りかかった男女四人に襲いかかる動きを見せたんだが、現場に居合わせた近くの飲食店の店員や歩行者に取り押さえられたんだよ」

「通り魔殺人だったんですかね」

「そう考えられるんだ。加害者の笹塚悠輝《ささづかゆうき》、当時二十八歳は精神のバランスを崩してたようなんだよ。弁護側の要求で行なわれた精神鑑定で、犯行時は心神喪失《しんしんそうしつ》状態だったとされて……」

「刑罰を免《まぬか》れたんですね？」

岩城は確かめた。

「そうなんだ。笹塚は精神科病院に強制入院させられたんだが、半月後に院内で日光浴中に何者かに射殺されてしまったんだよ。所轄の八王子《はちおうじ》署に捜査本部が置かれたんだが、いまも射殺犯は捕まってない。ライフルマークから凶器はロシア製の消音型拳銃マカロフPbと判明したんだが、薬莢《やっきょう》は事件現場には遺《のこ》されてなかった」

「笹塚の体内から摘出された弾頭に加害者の指紋や皮脂《ひし》は？」

「何も付着してなかった。笹塚を撃ち殺したのは犯罪のプロと思われるな。手口が鮮《あざ》やかだからね」

「まだ陽《ひ》が高いうちの犯行なら、加害者の目撃証言があったと思いますが……」

「それがゼロだったんだよ。初動の捜査が甘かったかもしれないと考え、捜査本部は現場付近で念入りに再聞き込みをしたんだ。しかし、犯人の姿を見た者はひとりもいなかったそうだよ」

「そうですか」

「ただ、発砲の場所はすぐ特定できたんだ。精神科病院の前の民間マンションの非常階段の踊り場と判明した。二階と三階の間の踊り場から、硝煙《しょうえん》反応が出たんだよ。火薬の滓《かす》はごく微量だったらしいんだがね」

「その踊り場から、精神科病院の庭は見渡せたんでしょうか？」

「よく見えるそうだ。マカロフPbの有効射程ぎりぎりのベンチに笹塚は坐ってたんだが、後頭部を一発で撃ち抜かれてた。犯人は軍事訓練を受けたことがありそうだな。元自衛官の殺し屋の仕業《しわざ》なのかもしれない」

「外国人の犯行とも考えられますね。ロシア製のサイレンサー・ピストルが十年ほど前から日本の裏社会《ヤマ》に流れ込んでるようですが、その数はそれほど多くないでしょう？」

「だろうね。外国人の殺し屋か、傭兵《ようへい》崩れの日本人の犯行臭いな。フランス陸軍の外人部隊にいた日本人がイギリスの傭兵派遣《はけん》会社で働いて、帰国後に殺しを請け負《お》ってた事例もある。そういう奴なら、国外で暗躍してる武器ブローカーからマカロフPbを入手可能のはずだ」

「そうでしょうね。笹塚は犯行時、本当に心神喪失状態だったんでしょうか。心神喪失者を装《よそお》ってただけなのかもしれませんよ。それだから、笹塚は口を塞《ふさ》がれることになったんでしょう」

「こっちも、そう睨んだよ」

森岡が会話に割り込んだ。佃と利佳が相槌《あいづち》を打つ。

「捜査本部も本家の特命捜査対策室も笹塚が心神喪失者を装い、通り魔殺人に見せかけて工藤警部を殺したのではないかという疑いを持ったんだよ。だが、精神鑑定をしたのは高名な精神科医だったんだ」

神保が森岡に顔を向けた。

「捜査資料によると、鑑定をしたのは東都医大の真崎恭太郎《まさききようたろう》教授だな。テレビにコメンテーターとして出演してる著名人だから、鑑定結果を疑わなかったんだろうか。教授はまだ五十代の後半だから、金のかかる愛人でもいるんじゃないのかな」

「それ、考えられますね」

佃が森岡の言葉を引き取った。

「真崎はロマンスグレイでカッコいいから、女どもに好《す》かれるんじゃねえか。けど、開業医じゃないから、年収一億ってわけにはいかない。面倒見てる愛人の機嫌を取り結ぶには、それなりの銭《ぜに》が必要になる。しかし、大学病院の勤務医は驚くほどの高収入は得てないはずだよ」

「テレビの出演料など含めても、多くて二千万そこそこなんじゃないですか。製薬会社や医療機器メーカーからリベートの類《たぐい》を貰《もら》わなければ、世話してる女に贅沢《ぜいたく》はさせられないでしょうね」

「おまえも、そう思うか。精神科医の真崎教授は銭が欲しくて、偽の鑑定をしたんじゃないのかね。おそらく笹塚は、精神的にはノーマルだったんだろう」

「森岡さんも佃さんも真崎教授に愛人がいると半《なか》ば決めつけてるようですけど、そう考えるのは少し早計だと思います。生意気でしょうか？」

利佳が沈黙を破った。

「確かに瀬島が言った通りだよな。単なる推測で、根拠といえるものがあるわけじゃない」

「そうですよね、森岡さん」

「ああ。けど、真崎は偽の精神鑑定をしたんだろうな。これは刑事《デカ》の勘ってやつだ。有名な精神科医に愛人がいなかったとしたら、何かスキャンダルを掴まれちまったんだろう」

「何か弱みを摑まれてしまったんで、メンタル面で何も問題のなかった笹塚を心神喪失者と嘘の精神鑑定をした？」

「そう疑えるな。そのおかげで、笹塚は不起訴になって服役せずに済んだ。だけど、強制入院先で射殺されることになった。そういうことなんじゃないか。事件調書には半分程度しか目を通してないが、被害者と加害者にはまるで接点がない。まったく面識がなかったわけだから、利害の対立もなかっただろう」

「ええ、そうでしょうね。笹塚は中堅私大を二年で中退してからは派遣《はけん》の仕事で喰《く》いつないでたようですが、友人も少なかったみたいですよ」

「そうだったようだな。仙台《せんだい》の実家にもほとんど寄りつかずに、仕事のないときは上板橋《かみいたばし》のアパートに籠《こも》ってた。それで、たまに歌舞伎町の風俗店に通ってたようじゃないか。彼女もいなかったんだろうよ」

「ええ、多分ね。孤独に暮らしてた笹塚が自暴自棄《じぼうじき》になって、行きずり殺人に走った可能性はゼロではないでしょうけど……」

「瀬島、それはないな。笹塚はまとまった金が欲しかったんで、会ったこともない工藤警部を刺殺したにちがいない。殺しの成功報酬も悪くなかったんだろうが、依頼人に心神喪失者に仕立てて服役しないで済むようにしてやると言われたんで、代理殺人をやっちまったんだろうな」

「自分も、そんなふうに筋を読んでます」

佃がいったん言葉を切って、すぐに言い重ねた。

「検察側が笹塚の再鑑定をしようとしなかったのは、なぜなんですかね。それが謎です。弁護側の精神鑑定に特に問題はないと判断したんで、笹塚の起訴を断念したんでしょうか。リーダー、どうなんでしょう？」

「そうなのかもしれないな。そうじゃないとしたら、栗林誠吾《くりばやしせいご》という五十四歳の弁護士が検察庁の弱みを知ってて東京地検に笹塚の再鑑定を諦《あきら》めさせたんだろうな」

「そうでしょうね。栗林は、いわゆるヤメ検です。十二年前まで東京地検特捜部にいて、退官後に弁護士登録したんですよ」

「そうなのか。おれは事件調書をじっくり読んでないんで、そこまで知らなかったよ。栗林弁護士がヤメ検だったなら、精神鑑定の件で検察側と弁護側は裏取引したんだろうな。警察もそうだが、この国の最強捜査機関の検察庁もマスコミや市民団体に知られたくないことを一つや二つは抱えてる」

森岡が言った。すぐ利佳が口を開く。

「そうだと思います。そんなわけで、精神的に異常じゃなかった笹塚を心神喪失者に仕立てたわけか。工藤警部は殺され損になっちゃうのね。そんなことは赦《ゆる》せません」

「犬死になんかさせないよ。おれたちのチームで笹塚を操《あやつ》った黒幕を闇の奥から引きずり出してやろうじゃないか」

「ええ、そうしましょう」

「参事官、栗林弁護士が検察と裏取引をした気配はあったんでしょうか？」

岩城は訊《き》いた。

「捜査本部と本家の両方がそのあたりのことを探《さぐ》ってみたんだが、結局、裏付《ウラ》けは取れなかったんだよ」

「そうなんですか」

「ただね、栗林弁護士と東都医大の真崎教授が同じゴルフ場の会員権を所有してることは間違いない。箱根《はこね》の仙石原《せんごくはら》にある名の知れたゴルフ場だよ。二人に個人的なつき合いはないとされてたんだが、クラブハウスで顔馴染《かおなじ》みになってたとは考えられるな」

「会員同士なら、顔見知りになるかもしれませんね。栗林弁護士が自分の法律事務所で雇ってる調査員に真崎教授の私生活を洗わせて何か醜聞を摑ませ、笹塚を心神喪失者と鑑定させたと疑えなくはありません」

「そうなんだが、元検事の弁護士はそこまで堕落《だらく》してしまったんだろうか。栗林誠吾は人権派の弁護士として、マスコミに取り上げられたこともある人物なんだ」

「二件ほど冤罪《えんざい》を晴らしたことは知ってます。大手企業の顧問弁護士を務めながらも、金だけを追いかけてる法律家ではないんでしょう。冤罪で苦しめられてる人間の弁護も買って出てますからね。ですが、それだけで正義の使者と思うのは危険です。功名心に駆られて、スタンドプレイを演じただけなのかもしれません。意地の悪い見方ですがね」

「岩城君は冷徹なんだね。捜査員はそこまで醒《さ》めてたほうがいいんだろうな。人間は愚かで狡《ずる》い動物だからね。誰もが聖者のように清らかには生きられない」

「聖者も、所詮《しょせん》は人間です。真にピュアに生きることは難しいでしょう」

「ああ、そうだろうな。捜査資料を読み終えてから、きみがどう筋を読んだか教えてくれないか」

神保参事官が口を結んだ。

ふたたび岩城は、事件調書の写しの文字を目で追いはじめた。

工藤監察係長は殺害される前に二人の悪徳警官を内偵していた。ひとりは捜査二課知能犯係の星野敏《ほしのさとし》警部補、現在四十七歳だった。星野は詐欺事件の立件材料を故意に紛失し、被疑者に売り渡した嫌疑をかけられていた。

もっともらしい投資話を餌《えさ》にして年金生活者から総額十三億七千万円も騙《だま》し取ったと思われる男は、九年前にネズミ講で摘発された詐欺集団の幹部だった。清水喬《しみずたかし》という名で、いまは六十二歳である。

清水は四年数カ月の服役を終えると、地下に潜《もぐ》った。しばらく鳴りをひそめていたが、三年前に黒毛和牛の畜産会社を立ち上げ、出資者を募集した。高配当に釣られた高齢者たちが次々に出資した。

だが、清水が宣伝用に使ったパンフレットに掲載された広大な牧場は他人のものだった。牧場はおろか、和牛一頭さえ所有していなかった。

清水は出資者に高い配当を払いながら、せっせと出資金を掻《か》き集めた。そして、時期を見計らって姿をくらました。清水は捜査二課知能犯係が捜査に乗り出すと、星野警部補に急接近したようだ。

捜査二課の課長は六つ年下のキャリアだった。その課長は星野を無能呼ばわりして、毛嫌いしていたらしい。そんなことで、星野は早期退職して飲食店のオーナーになりたいと周囲の者に洩らしていたそうだ。

詐欺の前科のある清水はどこかで噂《うわさ》を耳にしたのか、星野に近づいて自分に不都合な物証を職場から持ち出させたと疑われていた。

捜査二課長と知能犯係長は、星野を詰問した。星野は疚《やま》しいことは何もしていないと言い張り、立件材料の無断持ち出しを否認しつづけた。

捜査二課長は、人事一課監察係の管理官に星野の内偵を依頼した。そうした経緯があって、工藤監察係長が星野をマークしていたわけだ。だが、星野の不正の証拠は握っていなかったと思われる。

工藤は星野を監察する前に、本庁組織犯罪対策部第五課所属の秋葉義明《あきばよしあき》巡査部長、現在三十七歳を内偵していた。

秋葉は銃器・薬物の密売と所持で目をつけられた複数の暴力団に手入れの情報を流し、金品や女性の提供を受けたのではないかと怪しまれていた。

工藤警部は部下と一緒に秋葉をリレー尾行したが、尻尾《しっぽ》を掴むことはできなかった。

新宿署に置かれた捜査本部は工藤の死に星野警部補が関与していると推測し、根気よくマークしつづけた。だが、その状況証拠さえ押さえられなかった。

『シャドー』の本家筋の特命捜査対策室は、秋葉が捜査本部事件に関わっていると睨んだ。しかし、その裏付けを取ることはできなかった。

「みんな、捜査資料を読み終えたかな」

岩城はファイルを閉じ、三人の部下を等分《とうぶん》に見た。最初に応じたのは利佳だった。

「栗林弁護士、精神科医の真崎、捜二知能犯係の星野警部補、組対五課の秋葉巡査部長の四人がそれぞれ怪しいといえば、怪しく思えました」

「そうか。佃はどうだ？」

「自分も同じです」

「森岡の旦那はどう筋を読みました？」

「こっちも瀬島や佃と同じだな。資料をもっと読み込まないと、断定的なことはまだ……」

「そうですか」

「きみの筋読みはどうなのかな？」

神保参事官が岩城に問いかけてきた。

「ほかの三人と同様に犯人は特定できません。もっと事件調書を深く読んでから、作戦を練ってみます」

「そうしてくれるか。警察関係者に聞き込みをするときは、いつものように特命捜査対策室の別班だと称してくれな」

「心得てます」

「後《あと》は特殊メイクの技術に長《た》けてる瀬島刑事の手を借りて、いろんな人間に化けてくれ。反則技が表沙汰になったら、わたしと綿引刑事部長の二人で責任を負う。きみら四人を懲戒免職にはさせないから、狡猾《こうかつ》に法網《ほうもう》を潜り抜けてる犯罪者たちを潰《つぶ》してほしいね。頼んだぞ。これで、わたしは本部に戻る」

「ご苦労さまでした」

岩城はすっくと立ち上がった。部下たちも腰を上げた。

参事官がソファから立ち上がり、ドアに足を向けた。岩城たち四人は神保を見送ると、改めて捜査資料を読み直しはじめた。

3

閉じたファイルを卓上に置く。

部下たちは、まだ捜査資料に視線を落としていた。岩城はセブンスターをくわえ、使い捨てライターで火を点《つ》けた。

事件の関係調書を入念に読み返してみたが、筋は読みきれなかった。それどころか、透《す》けかけていた点と線が逆におぼろになってしまった。疑惑点が錯綜《さくそう》したせいだろう。

一服し終えると、利佳がファイルから顔を上げた。

「瀬島、筋は読めてきたか？」

岩城は問いかけた。

「捜二の星野敏が投資詐欺の証拠を隠したことが事実なら、殺人動機はあると思います。詐欺犯の清水喬の犯罪の揉《も》み消しを図ったことが発覚したら、人生は終わりですからね」

「そうだな」

「ですけど、二年一カ月前の一月九日の深夜に歌舞伎町の裏通りで刺殺された工藤監察係長が星野の犯罪の裏《ウ》付《ラ》けを取ったかどうかはわからないんですよね？」

「捜査資料によると、そうだな。事件当夜、星野のアリバイは立証されてる。被害者の工藤警部が星野を尾行してたんじゃないことは明らかだ」

「ええ。そうだからといって、星野の心証がシロとは言えません。実行犯の笹塚とはダイレクトな接点はありませんけど、間接的な繋《つな》がりがあったかもしれないでしょ？」

利佳が言った。

「ああ、それは否定できないな。しかし、星野が第三者の紹介で笹塚と知り合って工藤殺しを依頼したら、偽の精神鑑定をしたと思われる東都医大の真崎教授とも何らかの形で接触したと考えられるぞ」

「ええ、そうですね。でも、これまでの捜査では星野と真崎教授には接点がないとわかってます」

「そうだな」

「リーダー、投資詐欺を働いた清水が笹塚と真崎教授の両方と知り合いだったとしたら……」

「清水が笹塚を実行犯に選び、真崎に嘘の精神鑑定をさせたのかもしれないという推測はできるな」

「まだ清水の殺人動機がわかりませんが、工藤警部に投資詐欺のほかに致命的な犯罪の証拠を握られたとしたら、疑えますね。それだから、清水はいずれ捜査の手が自分に迫ると予測して、姿をくらましたんでしょう。詐欺と殺人教唆《きょうさ》のダブルで起訴されたら、無期懲役は避けられませんからね。二手に分かれて星野の動きを探《さぐ》り、清水の潜伏先を突きとめれば、事件はスピード解決するかもしれませんよ」

「瀬島、被害者は警察官だったが、監察の仕事をしてたんだ。清水の致命的な犯罪を知る機会があっただろうか。推測が楽観的と言うか、こじつけめいてる気がするな」

「こじつけっぽいですか。筋の読み方がおかしいのかな」

「そうは言ってないよ」

岩城は言葉を呑《の》み込んだ。

利佳が曖昧《あいまい》に笑って、事件調書の写しに目を落とした。そのとき、佃が口を開いた。

「自分は、ちょっと組対五課の秋葉義明が臭いと感じました」

「おまえは組対四課にいたから、秋葉のことをよく知ってるんだな?」

「ええ。暴力団係《マルボウ》は裏社会の連中と飲み喰《く》いしながら、情報を集めてるんですよ。リーダーはご存じでしょうけどね」

「そのことは知ってるよ。佃も組対四課にいたころは、ヤー公たちとよく飲んだりしてたんだろう?」

「ええ、そうでしたね。だけど、相手にたかるような真似《まね》はしませんでしたよ。クラブや鮨屋《すしや》で奢《おご》られたら、必ず居酒屋やスナックに誘ってました。貸し借りなしにしたかったんでね」

「一方的に奢られっ放しだと、弱みになるからな」

「そうなんですよ。ろくに捜査費なんか出なかったから、自腹で奢り返してました」

「いい心掛けだな」

「やくざに借りを作ると、ろくなことはありませんからね。だけど、秋葉はいろんな組の幹部クラスにたかりまくってたんです。夜ごと高級クラブで奢られ、お気に入りのホステスを持ち帰ってたようですよ」

「刑事《デカ》の俸給じゃ、ホテルに連れ込んだホステスに数万の車代も渡せない。組関係者に秋葉は十万単位の小遣いを貰《もら》ってたんだろうな」

「それは間違いないと思います。小遣いを出し渋ったら、組事務所に出向いてロッカーやキャビネットを覗《のぞ》く真似をしてたんじゃないかな。いまどき組事務所に拳銃《チャカ》や日本刀《ポントウ》を隠してる間抜けはいませんが、たいがい物騒《ぶっそう》な物は近くの飲食店なんかに預けてます」

「令状を取って関係箇所にガサかけるぞと威《おど》せば、どの組も〝お車代〟を用意するだろうな」

「そういう流れになるでしょうね。秋葉はロレックスの腕時計を嵌《は》めて、ある組の大幹部から超安値で譲ってもらったベンツのEクラスを乗り回してるんですよ」

「闇社会の奴らとずぶずぶの関係なら、手入れの情報を流してるだろうな」

「と思いますよ。刑事にたかられ通しだったら、組関係者に何もメリットはありませんからね。秋葉は関東やくざの御三家はもちろん、四、五番手の組織にも家宅捜索情報を漏《も》らしてたんでしょう」

「その手の悪徳刑事は昔からいたよな」

岩城は言った。

「そうですが、秋葉の癒着《ゆちゃく》ぶりは目に余るものがありました。人事一課監察係に目をつけられるのが遅いぐらいです。ひょっとしたら、秋葉は人事一課長か首席監察官の弱みを握ってたのかもしれませんね」

「そうだったとしたら、人事異動がない限り秋葉は監察対象にならないはずだよ」

「そうか、そうでしょうね。考えすぎだったみたいだな。急に工藤係長が秋葉を監察しはじめたのはなぜなんでしょう？」

「監察係に内部告発があったんじゃねえか、捜査資料にそのあたりのことは記述されてなかったけどさ」

森岡が話に加わった。その視線は岩城に向けられていた。

「おそらく、そうだったんでしょう。保科徹《ほしなとおる》首席監察官の指示で、工藤係長は部下の古屋修斗《ふるやしゅうと》主任と秋葉を内偵しはじめたんでしょうね。内部告発があったのかどうかは、確か資料には記《しる》されてなかったな」

「そうだったね」

「森岡《モリ》さんはどう筋を読んだんです？」

岩城は質問した。

「星野と秋葉は灰色っぽいが、笹塚に工藤を殺《や》らせた人間は元警官じゃないかと思ったんだ。ＤＮＡ型鑑定など科学捜査の時代に直感や勘を頼りにしたら、瀬島に笑われるだろうけどさ。こっちの勘では……」

「笹塚を実行犯にしたのは、誰だと見当をつけたんですか？」

「被害者の工藤和馬に悪事を暴《あば》かれて懲戒免職になった奴が何人かいるはずだ。その中に主犯がいるんじゃねえかな。警察官《サツカン》は潰しが利かないよね？」

「そうですね。停年で退職しても、警察ＯＢの伝手《つて》で警備保障会社、タクシー会社、スーパーなんかに入れてもらえるぐらいですから。悪さをして職を失った元警官はそういう会社にも潜り込めない」

「そうだろう。まともな企業に就職することは難しいと思うよ。仕方なく裏社会の知り合いを頼って、消費者金融、パチンコ屋、飲食店で働くケースが多いようだ」

「そうみたいですね」

「ヤー公になる野郎も割にいる。お巡りは一般市民にはない権力を持てるから、頭を下げることを厭《いと》う傾向があるじゃないか」

「ええ」

「むやみに頭を下げたくないんで、威張《いば》れる居場所を求める。あるデータによると、元警官の暴力団員が全国に三千人以上いるらしいぜ」

「そうらしいですね。やくざになったら、もう官憲側の人間じゃないわけだから、組員たちにちやほやされることはなくなります。無法者と警察官は体質が似てますが、もともとは敵同士ですよね」

「そうだな。だから、闇社会に飛び込んだ元悪徳警官はいっこうに貫目《かんめ》が上がらない。年下のやくざの弟分にされたら、それは面白くないだろうよ」

「でしょうね」

「前置きが長くなったけどさ、こっちは工藤係長に懲戒免職に追い込まれた元警官のアウトローが逆恨《さかうら》みして、笹塚の手を汚させたんじゃないかと推測したんだ」

「なるほど、そういうことも考えられるな。おれは佃と一緒に本庁《うち》の人事一課に行って、首席監察官の保科警視正に会ってみます。できたら、人見敏彦《ひとみとしひこ》人事一課長からも話を聞きたいですね」

「こっちと瀬島は、どう動けばいい?」

森岡が訊いた。

「被害者の妻の工藤綾乃《あやの》、三十七歳に会ってもらえますか。未亡人は大田区洗足池《せんぞくいけ》の自宅でレザークラフトを造ってネット販売しながら、小五の息子を育ててるはずです。多分、自宅にいるでしょう」

「そうだろうな。その後は、笹塚が借りてた上板橋二丁目のアパートに行ってみるよ。新たな証言は期待できないが、アパートの居住者《きょじゅうしゃ》や近所の住民に会っておきたいんだ。警察嫌いの市民は捜査に積極的には協力してくれない。初動の聞き込みに協力しなかった者がいるかもしれないいやな」

「ええ、いると思います。居丈高《いたけだか》な刑事もいますんでね」

「こっちが探りを入れても相手に警戒されるだけだろうが、美人の瀬島がソフトに情報集めをすれば、何か収穫があるかもしれない」

「そうですね。車はどっちを使います？　スカイラインでも、プリウスでも好きなほうを使ってください」

岩城は言った。『シャドー』には、二台の覆面パトカーが与えられていた。どちらも地下駐車場に置いてある。

「どっちにする？　瀬島に運転してもらうんだから、好きなほうを選べや」

森岡が利佳に声をかけた。メンバーの四人はちょくちょく相棒を替えているが、基本的には職階の低いほうがハンドルを握る習《なら》わしになっていた。

しかし、岩城は年上の森岡とコンビを組んだときは必ず運転席に坐る。刑事としては先輩の森岡に運転役を押しつけることには、ためらいがあった。

「プリウスのほうが小回りが利くんで……」

「そうするか。運転しやすい車のほうがいいよ。瀬島、先に出ようや」

「はい」

利佳がソファから離れ、ドアに足を向けた。森岡・利佳のペアがアジトから出ていった。

「捜二知能犯係の星野と組対五課の秋葉も疑わしいですけど、森岡さんの勘《モリ》も割に当たります。被害者に摘発されて懲戒免職になった元警察官も一応、洗ってみたほうがよさそうですね」

佃が言った。岩城は小さくうなずいた。その直後、上着の内ポケットで刑事用携帯電話《ポリスモード》が鳴った。

岩城はポリスモードを摑み出した。ディスプレイを見る。発信者は綿引刑事部長だった。

「本来なら、わたしも『エッジ』に顔を出さなければならないんだが、すまないね」

「どうかお気遣いなさらないでください」

「神保参事官は言わなかったかもしれないが、一日も早く事件を落着させて、新宿署の捜査本部を解散させたいんだ。新宿署は東京で最も大きな署だが、二年以上も捜査本部の経費を負担させるのは気の毒でな」

「ええ、わかります」

「特命捜査対策室が片をつけてくれると期待してたんだが、いっこうに進展が見られない。それだから、別班のきみら四人にも動いてもらうことになったわけなんだ」

「今回も、できるだけのことはやるつもりです」

「岩城君、わたしの力になってくれ。よろしく頼む」

「はい。捜査の経過報告は必ず神保参事官に上げます」

「そうしてくれないか。メンバーたちの健闘を祈る」

「ベストを尽くします」

岩城は頭を下げながら、通話を切り上げた。ポリスモードを懐に戻したとき、佃が話しかけてきた。

「刑事部長からの電話ですね。あまり物事に動じないリーダーも緊張してたな。警視総監、副総監に次ぐ〝六奉行〟のひとりですからね、綿引警視監は」

「ああ。部長は六人いるわけだが、おれたちから見たら、刑事部長は雲の上の人だ」

「ええ、そうですね。刑事部長の参謀である神保警視長も超エリートです。『シャドー』は刑事部長や参事官の特命捜査を担《にな》ってるわけですから、名誉なことですよ」

「そうなんだが、非合法捜査員なんだ。黒子みたいな存在なんだから、思い上がっちゃいけない」

「わかってますよ」

「だろうな。おれたちも出かけよう」

岩城は腰を上げた。少し遅れて佃がソファから立ち上がる。

二人は秘密アジトを出て、エレベーターで地下駐車場に下《くだ》った。覆面パトカーは所定のスペースに納まっている。

佃が運転席に乗り込み、エンジンを始動させた。岩城は助手席に腰を沈めた。

スカイラインが発進し、スロープを一気に登った。桜田門《さくらだもん》の本部庁舎までは、ほんのひと走りだった。

佃は車を地下二階の駐車スペースに駐《と》めた。本部庁舎は地上十八階、地下三階建てだ。二層のペントハウスは機械室である。屋上はヘリポートになっていた。

岩城・佃班は中層用エレベーターで十一階に上がった。

このフロアには警視総監室、副総監室、総務部長室、公安委員会、警務部人事一課などがある。二人は奥にある人事一課の大部屋に足を踏み入れ、監察のコーナーまで歩いた。

　岩城は応対に現われた若い男性監察係にＦＢＩ型の警察手帳を呈示《ていじ》し、首席監察官との面会を求めた。佃も名乗って、特命捜査対策室の支援要員になりすました。

「工藤警部の事件を担当されてるんですね？」

「そうです。事前にアポを取るべきだったんでしょうが、ぜひ保科首席監察官にお取り次《つ》ぎ願いたいんですよ」

「わかりました。小会議室が空いてますんで、そちらでお待ちください」

三十歳前後の監察係が案内に立った。岩城たちは後《あと》に従った。

小会議室は左手の端にあった。十五畳ほどだろう。長いテーブルと八脚の椅子が見える。岩城たちコンビはテーブルの向こう側に並んで坐った。監察係が一礼し、小会議室から出ていく。
六、七分待つと、保科首席監察官がやってきた。見るからに切れそうな顔つきをしている。まだ四十四歳のはずだが、落ち着いた印象を与えた。中肉中背だが、どことなく風格があった。

岩城は立ち上がって、自己紹介した。改めて来意も告げる。佃が名乗り、岩城の部下であると告げた。

「どうぞお坐りください」

保科がドアに近い椅子を引いた。岩城と向かい合う位置だった。

来客が腰かけるまで、保科は椅子に坐ろうとしなかった。育ちがいいのだろう。

「早速ですが……」

岩城は保科が着席してから、口を開いた。すぐに保科が遮《さえぎ》った。

「工藤君が亡くなって二年が過ぎたというのに、まだ捜査は難航してるようですね。捜一には優秀な連中が集められてるはずなんですが」

「申し訳ありません」

「つい厭味《いやみ》を言ってしまいましたが、勘弁してください。捜査員の方たちは真剣に犯人の割り出しに努めてくれてるんでしょう。それだけ難解な殺人事件だったんだと思います。わたしは、工藤係長が監察中だった捜二知能犯係の星野敏か組対五課の秋葉義明のどちらかに命を狙われたと思ってるんですよ。しかし、その二人は実行犯の笹塚とはまったく接点がなかったそうじゃないですか」

「そうなんですよ」

「てっきりどちらかが笹塚を雇って工藤君を始末させたと思ってたんですが、わたしの読みは外れてたようです」

「まだ断定的なことは言えないんですよ。星野か秋葉のどちらかが第三者を介して、笹塚に代理殺人を依頼した可能性がないとは言いきれませんから」

「そうなら、どっちかが笹塚に工藤係長を殺《や》らせた疑いが濃いな」

「保科さん、なぜそう思われるんでしょう？」

佃が話に加わった。

「工藤係長は、二人が犯罪に手を染めてる事実を押さえたと上司の利根川伸光《とねがわのぶみつ》管理官に報告したようなんです。ただ、立件材料が揃ってから正式に報告を上げると言ってたらしいんですよ」

「そうする前に、およそ二年前の一月九日に工藤さんは殺害されてしまった。そうなんですね？」

「ええ、残念ながら」

「被害者は、古屋主任と一緒に星野、秋葉を並行して内偵してたんでしょ？」

「細かいことを言うようですが、われわれは内偵という言葉は使いません。同じ身内を犯罪者扱いしたくないんで、監察と言ってます」

「すみません。そのことは知ってたんですが、組対や現在のセクションでは内偵という言い方をしてるんで、つい……」

「きみは以前、組対四課にいたんじゃなかったかな」

「ええ、そうです」

「それなら、組対五課の秋葉義明が何年も前から暴力団関係者と癒着してたことは知ってたでしょ?」

保科が訊いた。佃がすぐに応じた。

「そういう噂を耳にしたことはありますが、それが事実かどうかわからないんで……」

「その噂は事実でしょうね。工藤係長は上司の利根川管理官に秋葉が数多くの暴力団に手入れの情報を流して金品を受け取り、女性も提供してもらってたと報告してたんですよ。その証拠は後日渡すと言ってたそうですが、その前に笹塚に刺し殺されてしまったわけです。頼もしい部下が殉職したんで、わたしを含めて監察の仲間は誰もショックから立ち直るのに時間がかかりました」

保科がうつむき、軽く目頭を押さえた。佃が口を閉じる。

「被害者の上司の利根川管理官にお目にかかれますか」

岩城は訊いた。

「あいにく外出してて、きょうはこっちに戻らずに直帰《ちょっき》なんですよ」

「そうですか。被害者と一緒に星野と秋葉をマークしてた古屋主任も出てて、やはり直帰なんですか？」

「そうなんですよ。事前にアポを取っていただければ、管理官と主任を待たせておいたんですがね」

「それでは、人見人事一課長に引き合わせていただけますか？」

「いいでしょう。しかし、課長は常に多忙ですから、十分程度しか時間を割《さ》いてもらえないかもしれませんよ」

「それでも結構です」

「そういうことなら、課長室に案内しましょう」

保科が椅子から立ち上がった。岩城たちコンビも、保科につづいて小会議室を出た。

人事一課長室は、反対側の端にあった。保科が先に入室した。人見課長に面会を打診しているのだろう。

数分待つと、ドアが大きく開けられた。

保科が手招きした。岩城たちは人事一課長室に足を踏み入れた。

人見課長は執務机の横にたたずんでいた。ちょうど五十歳だが、額が大きく禿《は》げ上がっていた。小太りだった。

「課長はあまり時間がないらしいんですよ。手短にお願いしますね」

保科が岩城に言って、課長室から去った。

岩城たち二人は自己紹介し、応接ソファに腰かけた。人見課長は岩城の真ん前に腰かけた。

「きみたち支援要員が頑張って、工藤和馬を刺し殺した笹塚の背後の人間を突きとめてほしいね。そいつは、星野か秋葉のどちらかと接点があるんじゃないだろうか」

「人見さんも保科首席監察官と同じように筋を読んでるようですね」

岩城は言った。

「保科たちの報告によると、事件の主犯は星野か秋葉が臭いんじゃないか。二人は悪徳警官そのもので、工藤たちは監察中だったんだ。星野たちの犯罪を立件する材料は工藤係長がどちらかに奪われることを警戒して誰にも教えずに、こっそりとどこかに隠したんじゃないかな」

「そうなんでしょうか」

「工藤は用心深い性格だったんだ。立件材料を職場や自宅に保管しておいたら、盗み出されるかもしれないと考えてたんだろうな」

「親しい友人に証拠物を預けた可能性もありそうですね」

「いや、それはないだろうな。彼は職務で人間の裏をうんざりするほど見てきたんで、あまり他人を信じてなかったんだ。奥さんや子供は別だろうがね」

「そうだったんでしょうか」

会話が途切《とぎ》れた。一拍置いて佃が人見に話しかけた。

「工藤係長は悪いことをしてる警察官や職員を厳しく取り締まってたようですから、懲戒免職になった者も何人かいたんでしょ？」

「正確な数字はわからないが、十数人は職を失ったんじゃないかな」

「そうした連中の中に工藤さんを逆恨《さかうら》みしてた者がいませんでしたか？」

「いたかもしれないが、工藤は怯《ひる》んだりしないさ。彼は熱血漢だったからね」

「工藤さんを刺殺した笹塚は精神鑑定で犯行時は心神喪失状態だったと判断されて、刑罰は免れました。ですが、半月後に強制入院させられた精神科病院の庭で日向《ひなた》ぼっこしてて何者かに射殺されてしまいました」

「そうだったね」

「笹塚は本当に心神喪失状態だったんでしょうか」

「きみは何を言い出すんだ⁉」

人見が目を剝《む》いた。佃が困惑顔になった。

「弁護側の要求で行なわれた笹塚の精神鑑定はインチキだったと疑えないこともないですよね」

「そんなことを軽々しく言ってはまずいよ。栗林弁護士は人格者として知られ、東都医大の真崎教授も名士《セレブ》なんだ。そんな推測は失礼だよ」

「笹塚が入院先で射殺された事実は、どう解釈すればいいんでしょう?」

「多分、笹塚はどこかの誰かを怒らせるようなことをしたんだろうね。それで、仕返しされたと考えるべきだと思うよ」

「ということは、笹塚の死は二年前の刺殺事件とは繫《つな》がってないと考えるべきだと……」

「なんの関連もないだろうね。工藤がどこかに隠したと思われる悪事の証拠が見つかれば、そいつを別件でしょっ引くことはできるんだがね。すまないが、これから会議に出なければならないんだよ」

「そうですか。すぐにお暇《いとま》します」

岩城は佃の膝を軽く叩いて、辞去を促《うなが》した。

4

周辺には人影は見当たらない。

十一階のエレベーターホールだ。岩城はたたずみ、佃とエレベーターの扉《とびら》が開くのを待っていた。

「リーダー、どうしましょう？　利根川管理官と古屋主任の話も聞けると思ってたんですけど、出先から直帰ということでしたんで……」

「二人の自宅はわかるが、時間は有効に使おう。笹塚の三つ違いの姉貴が結婚して、文京区の千駄木《せんだぎ》に住んでたはずだ。名前は富坂《とみざか》千春《ちはる》だったな？」

「ええ、そうです。でも、捜査資料によりますと、笹塚は仙台の実家に寄りつかないだけではなく、実の姉ともほとんど会ってなかったようですよ」

「資料には、そう書かれてたな。しかし、笹塚の姉さんに会ってみよう」

「新たな情報は引き出せないと思いますが……」

「捜査は無駄の積み重ねだよ。もしかしたら、富坂千春は弟にとって都合の悪いことを捜査員に喋らなかったのかもしれないじゃないか。念のため、会ったほうがいいだろう」

「わかりました」

「夜になったら、利根川管理官と古屋主任の家《ヤサ》に行こう」

「そうしましょうか」

「地下の車庫に下《くだ》る前に、佃、おまえは六階で函《ケージ》から出てくれ」

「古巣の組対の刑事《デカ》部屋に寄って、秋葉義明に関する情報を五課の連中から集めてこいってことですね？」

「察しがいいな。スカイラインの鍵《キー》を渡してくれ。おれは車の中で待ってる」

「了解です」

佃がポケットを探って、覆面パトカーの鍵を差し出した。岩城はスカイラインの鍵を受け取った。

そのとき、エレベーターがきた。コンビはケージに乗り込んだ。

佃が六階で降りる。刑事部長室、捜査一課、組織犯罪対策部などがあるフロアだ。岩城は地下二階まで下《くだ》り、スカイラインの助手席に腰を沈めた。

岩城はポリスモードを使って、神保参事官に連絡を取った。スリーコールで、電話は繋《つな》がった。

「ひとつお願いがあります。工藤和馬に犯罪を暴かれて懲戒免職になった警察官及び職員の個人情報を本家経由で入手していただきたいんですよ」

「わかった。その中に、死んだ実行犯の笹塚を雇った人間がいそうなんだね？」

「それはわかりません。ただ、そうした連中にも犯行動機はあるわけですんでね。チェックする必要があると考えたわけです」

「なるほど。本家の誰かに不心得者たちの情報を集めてもらったら、きみのポリスモードにそっくり送信するよ」

「お手数でしょうが、よろしくお願いします」

「メンバーは早速、動きはじめてくれたようだな」

神保が言った。岩城は途中経過を手短に伝えた。

「人事一課《ヒトイチ》の人見課長と保科首席監察官の二人は、捜二の星野か組対五課の秋葉のどちかが笹塚を雇ったのではないかと疑ってるようだったのか」

「ええ」

「二人とも監察されてたし、疑わしい点はあるね。しかし、どっちも栗林弁護士と精神科医の真崎との結びつきはなかったと思うがな」

「これまでの捜査では、そうですね」

「一介の警察官がヤメ検弁護士や東都医大の教授と面識があるとは思えないから、人見課長や保科首席監察官の筋読みは浅いな。わたしもそうだが、キャリアや準キャリアはほとんど現場捜査を踏んでない。だから、不審な点のある人物を単純に怪しんだりするんだ」

「そういう傾向はあると思います。ですが、星野か秋葉が第三者を介して栗林弁護士や真崎教授とパイプを繋げたとも考えられなくはありません」

「そうだったとしたら、星野か秋葉のどちらかが笹塚に工藤警部を殺させた可能性もあるな。さらに、汚れ役を引き受けた笹塚を誰かに射殺させたという疑いも否定できない」

「そうですね」

「法の番人である警察官がそんな凶悪な犯罪に及んだんだとしたら、それこそ身内の恥だ。もしも一方が工藤殺しの主犯だとしたら、上層部の一部には本気で事件を迷宮入りさせたいと願う者が出てくるかもしれないぞ。しかし、そんなことはさせない！」

参事官が言葉に力を込めた。

「警視総監や副総監は事件の揉《も》み消しめいたことを絶対にしないでしょうが、トップの座を狙ってる〝六奉行〟の中には……」

「警務部長、警備部長、公安部長はエリート街道を突っ走ってるが、まさかそんな愚かなことは企《たくら》まないだろう。仮に暴走する奉行がいたら、綿引部長とわたしが命懸《が》けで悪謀をぶっ潰《つぶ》す」

「おれたち四人も体を張りますよ」

「心強いね。懲戒免職者のリストが揃ったら、すぐに送信する」

「お願いします」

岩城は電話を切って、ポリスモードを懐に仕舞《しま》った。

それから間もなく、上着の左ポケットで私物の携帯電話が震えた。職務中はいつもマナーモードにしてあった。

岩城は手早く携帯電話を摑み出した。電話をかけてきたのは、一年半ほど前から交際している片倉未穂《かたくらみほ》だった。三十一歳の管理栄養士だ。

未穂は大手食品会社の商品開発室で働いている。主に冷凍食品の開発に従事しているようだ。色っぽい美女である。

葉山《はやま》育ちの未穂は自由ケ丘《じゆうがおか》の賃貸マンションを自宅にしているが、週に二度は港区白金台《しろかねだい》にある岩城の塒《ねぐら》に泊まっていた。借りているマンションは1LDKだが、割に広い。十二畳の寝室にはダブルベッドを置いてある。

二人が知り合ったのは、都内の大型書店だった。

通路でたまたま背中をぶつけ合ってしまったのだ。そのとき、未穂は何冊も単行本を手にしていた。岩城は詫《わ》びて、すぐにフロアに落ちた書籍を拾おうとした。

未穂も反射的に身を屈《かが》めて、床に腕を伸ばした。二人は額《ひたい》を軽くぶつけた。先に単行本を拾い集めたのは岩城だった。謝りながら、改めて相手の顔を見た。

未穂は好みのタイプだった。知的な容貌だが、色気も漂《ただよ》わせていた。岩城は半《なか》ば強引に未穂を近くのカフェに誘い、連絡先を聞き出した。

数日後にデートし、積極的に口説《くど》いた。未穂も岩城には興味があったようだ。デートの誘いは一度も断ったことがなかった。

二人は会うたびに打ち解《と》けた。男女の仲になったのは、およそ一カ月半後だった。すでに未穂の体は熟《う》れていた。

それでいて、どこか新鮮だった。過去の男の影は、少しも感じさせなかった。親密になると、未穂は週に一、二度泊まるようになった。

岩城は未穂に惹《ひ》かれている。だが、すぐに彼女と結婚する気はなかった。岩城は惚《ほ》れやすいタイプだった。未穂を大切にしたい気持ちはあったが、別の女性に目を移さないとは誓えなかった。

結婚後に浮気をしたら、妻を裏切ることになる。それは避《さ》けたかった。そうした理由があって、あえて結婚話をしないできた。未穂も結婚という形態には拘《こだわ》っていなかった。

二人の行く末はわからない。だが、いま現在はかけがえのない存在だった。

「春とは名ばかりで、きょうも寒いわね。今夜は寄せ鍋でもつつかない？　食材を買い込んで、夕方にはあなたの部屋に行こうと思ってるの。都合はどうかしら？」

未穂が訊いた。

「詳しいことは話せないんだが、特別任務の指令が下《くだ》ったんだ」

「そうなの。なら、別の日にするわ」

「いや、会いたいな。寄せ鍋の食材は買わなくてもいいから、スペアキーで部屋に入ってベッドを温めておいてくれよ」

「でも……」

「初日だから、再聞き込みをするだけで尾行や張り込みはやらなくてもよさそうなんだ」

岩城は自分が特命捜査に携わっていることは未穂に明かしてあったが、『シャドー』の存在は伏せていた。未穂は心得ているようで、詮索《せんさく》することはなかった。

「いいのかな？」

「部屋で待っててくれないか。帰宅できる時間がまだ読めないんだが、深夜にはならないと思うよ」

「わかったわ。仕事が終わったら、少し買物をして白金台に向かうことにする。でも、無理をして早く帰ってこなくてもいいからね」

「いい女だな。未穂に惚れ直した」

「そんなことを言ってると、逆プロポーズしちゃうわよ」

「結婚願望があったのか⁉」

「焦《あせ》らないで。わたし、別に結婚には憧《あこが》れてないわ。冗談よ」

「本当に？」

「ええ。好きになった男性とできるだけ長くつき合いたいとは思ってるけど、早く家庭に入りたいとは考えてないの。子供はかわいいと思うけど、強く母親になりたいとは望んでないわ」

「きみはフードコンサルタントとして独立して、男の稼ぎなんか当てにしないで……」

「自由に生きたいの。でも、仕事ばかりじゃ味気ないでしょ？」

「そうだな」

「だから、恋愛はしていたいの。痩《や》せ我慢じゃなくて、本当に結婚願望はないのよ。あなたとは、ずっといい関係でいたいけどね」

「おれも、そう思ってるよ」

岩城は言った。本心から出た言葉だった。

「ありがとう。嬉しいわ。でも、人間の心は移《うつ》ろいやすいものでしょ？」

「それは否定できないな」

「だから、お互いに束縛《そくばく》し合わないようにしましょうよ。二人の気持ちが寄り添わなくなったら、いったん関係を解消する。それが自然でしょ？　背中を向け合った夫婦が世間体や子供のことを考えて無理をして生活を共にしつづけるのは辛いと思う。悲劇だわ」

「未穂、おれに飽《あ》きはじめてるのか？　別の男に心を奪われかけてるんじゃないだろうな」

「ばかねえ。わたし、そんなに軽い女じゃありません。いまもあなたが大好きよ。だけど、先のことはわからないでしょ？」

「ああ、そうだな。結婚のことはともかく、いまの関係を長く保《たも》とう。身勝手な言い分かね？」

「ううん、わたしも同じ考えよ。部屋で待ってます」

未穂の声が途絶《とだ》えた。岩城は、折り畳んだ私物の携帯電話を所定のポケットに戻した。

エレベーターホールの方から佃が駆けてきたのは、十数分後だった。運転席に入ってから、部下が報告した。

「自分、組対四課にいたころ、五課の何人かと親しくしてたんですよ」

「四課と五課は点数を稼ぎたくて張り合ってるんだろう？」

「四、五十代のベテランたちは、もろにライバル視し合ってます。だけど、二、三十代の刑事は妙なセクショナリズムに囚《とら》われることなく、情報の交換をし合ってるんですよ」

「そうなのか。若い連中のほうが大人なんだな」

「そうなのかもしれません。暴力団をのさばらせないようにするのが組対の任務ですから、足を引っ張り合うのは愚かなことですよ」

「その通りだな。で、秋葉義明に関する新情報《ネタ》は？」

「捜査資料にはまったく記載されてない情報を摑みました。三年半ぐらい前に仁友会《じんゆう》の二次団体の松宮《まつみや》組の若頭補佐をやってた日置勝史《ひおきまさふみ》って男が赤坂《あかさか》の田町《たまち》通りで関西の最大勢力の下部組織《エダ》に足つけてる組員《ゲソ》に射殺されたんですが、秋葉は被害者と親しくしてたらしいんですよ。日置は秋葉に点数稼がせて何か見返りを期待してたようで、準構成員に中国製トカレフのノーリンコ54を持たせて出頭させたみたいです。秋葉に電話させてから、準構成員を出頭させたようです」

「日置は、秋葉に貸しを作ったわけだな」

「そうです、そうです。五課の点取り虫たちがよく使う手ですね。そのことは本題じゃないんですよ。関西の極道に撃ち殺された日置には元タレントの愛人《レコ》がいたんです」

「そうか。その愛人のことを教えてくれないか」

「はい。里中早希《さとなかさき》という名で、いま二十七歳です。鳥居坂《とりいざか》のマンションに住んでるんですが、日置が死んでから秋葉義明が面倒を見てるらしいんですよ」

「そうだったとしたら、秋葉は何らかの方法で俸給以外の別収入を得てるな。あちこちから金を借りまくって、愛人に手当を払ってるとは考えにくいじゃないか」

「ええ、そうですね。秋葉は都内の暴力団の多くに家宅捜索《ガサイレ》情報を売って、まとまった金を得てるにちがいありませんよ。都内には大小併《あわ》せれば、千近い組事務所があります。広域暴力団の本部はたいてい持ちビルですが、大きな二次団体クラスも自分のビルを所有してます。三次以下になると、雑居ビルのワンフロアを借りてるんですが、組員数十人の末端組織も手入れの対象になってます」

「当然だろうな。所帯は小さくても、市民を脅《おび》やかす無法者たちの本拠地にもガサは入る」

「ええ。職場の同僚たちの話だと、とにかく秋葉は金回りがいいらしいんですよ」

佃が言って、顔をしかめた。

「秋葉は闇社会の奴らに捜査情報を流して汚れた金を稼いでるだけじゃないのかもしれないぞ」

「自分も、そう思いました。秋葉は組対部の押収品保管庫に忍び込んで、極上の覚醒剤《シャブ》や銃器を少しずつ盗《ギ》って地方の犯罪組織に売り捌《さば》いてるとは考えられませんかね？」

「そこまで大胆なことはしないだろう。防犯カメラがあるし、押収品保管庫は施錠《せじょう》されてる」

「そうですね。しかし、その気になれば、五、六分防犯カメラを作動させないことはできるでしょう。その間にピッキング道具を使って、押収品保管庫に侵入できなくはないですよ」

「だが、それは危険な賭《か》けだぜ。誰かに見つかったら、秋葉は確実に懲戒免職になる」

「それは間違いありませんね。秋葉が暴力団係《マルボウ》ではなくなったら、やくざに手入れの情報を売れなくなるな」

「そうだよ、佃。秋葉は押収品保管庫からくすねた麻薬や銃器を裏社会に流してるんじゃないな」

「手入れの情報のほかに、荒稼ぎできるのはなんでしょう？　リーダー、何か思い当たります？」

「やくざたちは法律に触《ふ》れることをいろいろやってるが、そういう弱みを恐喝材料にしたら、秋葉はいつか抹殺されるだろう」

岩城は言った。

「ええ、そうなるでしょうね」

「大企業、会社経営者、各界の有名人、スポーツ選手、政治家、芸能人などは裏で結びついてることが多い。やくざは成功者たちのトラブルを解決してやって、腐れ縁を保《たも》ち、相手側からの利益供与を期待してるからな」

「持ちつ持たれつの関係は、昔からありましたよね。堅気《かたぎ》が離れるような気配を見せると、ヤー公どもは牙《きば》を剝《む》きます。そういう仕返しが怕《こわ》いんで、黒い関係を断ち切ることはできません。いったん暴力団関係者に何かで世話になると、ずっとつきまとわれることになります」

「最悪の場合は、やくざに借りを作ってしまった堅気は骨までしゃぶられることになる。自業自得だが、気の毒だよな」

「ええ」

「秋葉は、暴力団と不適切な関係にある企業や著名人などから口止め料の類《たぐい》をせびってたのかもしれないぞ。たびたび強請《ゆす》ったりしなければ、相手側はつき合いのある暴力団や警察に助けを求めたりはしないだろう」

「そういう手で、秋葉は遊興費《ゆうきょうひ》や愛人《レコ》の手当を調達してたのかもしれませんね。そのことを工藤警部に知られてしまったんで、秋葉は誰かに紹介された笹塚悠輝に汚れ役を請け負わせたんだろうか。でも、秋葉は栗林弁護士とも東都医大の真崎教授とも面識はないんでしたね」

「そうだな」

「ということは、秋葉は笹塚射殺事件にはまったく関与してないでしょうか」

「佃、あんまり功を急ぐな。おれたちのチームの捜査は、はじまったばかりなんだ」

「そうでしたね。自分、せっかちなんで……」

佃がきまり悪げに笑った。

その直後、岩城のポリスモードに懲戒免職になった悪徳警官の個人情報が顔写真付きで送信されてきた。工藤和馬が悪事を暴いたのは十六人だった。全員、男だ。

年齢は二十代から四十代までで、職階は警部補以下ばかりだった。巡査部長の数が多い。中途半端な位《くらい》なので、ストレスを溜め込んで犯罪に走ってしまったのだろうか。

岩城はスクロールし、十六人の懲戒免職者の情報をチェックした。工藤を逆恨みしている者はいないようだった。

だが、それだけで十六人がシロとは判断できない。工藤に対する恨みや憎しみが表に出ないように努めてきたとも疑える。穿《うが》ちすぎだろうか。

「リーダー、なんのメールなんです？」

「参事官にさっき本家経由で工藤係長が摘発した懲戒免職者のリストを入手して、こっちに送信してほしいと頼んであったんだよ」

「そうだったんですか。職を失ったことで、工藤警部を恨んでた奴はいそうなのかな」

「ざっとチェックしただけだが、工藤和馬を逆恨みしてる者はいなそうだったな。しかし、念には念を入れたほうがいいだろう。手分けして、十六人に会ってみようじゃないか」

「そうしたほうがいいでしょうね。千駄木の笹塚の姉さん宅に向かえばいいんですか？」

「ああ、そうしてくれ。その後、里中早希の自宅マンションに行こう」

「わかりました」

佃がスカイラインを走らせはじめた。

岩城は背凭《せもた》れに上体を預けた。

第二章　汚れた刑事たち

1

追尾《ついび》されているのか。

岩城は、またドアミラーに目をやった。スカイラインは白山《はくさん》通りを走行中だ。春日町《かすがちょう》の交差点を通過したばかりだった。

「リーダー、後続車を気にしてるようですが……」

運転席の佃が口を開いた。

「二台目の後続車は、桜田門から同じルートをたどってる。白いアルファードだよ」

「えっ、そうですか⁉　自分、気づきませんでした。尾《つ》けられてるとしたら、アルファードを転がしてるのは捜二の星野か組対五課の秋葉なんですかね」

「次の信号を渡ったら、車を路肩《ろかた》に寄せてくれ」

岩城は指示した。佃が言われた通りにする。

スカイラインが尾行されていたなら、気になる後続車は同じように後方のガードレールに寄るだろう。あるいはスカイラインを追い抜き、数十メートル先の路肩にアルファードを停《と》めるはずだ。

アルファードは覆面パトカーの脇を抜けていった。岩城はナンバープレートに視線を投げた。読み取れた数字は二つだけだった。

それでもナンバー照会をすれば、車の所有者を割り出せる場合が多い。盗難車なら、尾行されていたと判断してもいいだろう。

岩城は刑事用携帯電話《ポリスモード》を懐から取り出した。

アルファードは直進したまま、路肩に寄る気配をうかがわせない。思い過ごしだったのか。それとも、アルファードの運転者は尾行を覚《さと》られたと感じ、走り去る気になったのだろうか。わからない。

「アルファード、行っちゃいましたね」

「そうだな、多分、思い過ごしだったんだろう」

「と思いますね。捜一で殺人犯捜査にずっと携わってきたリーダーは、公安の連中みたいに常に周囲に目を配ってるんだな」

「任務中だけさ」

「それでも凄《すご》いですよ。自分も暴力団絡みの殺人事件を何件か落着させましたけど、終始、尾行を気にするなんてことはありませんでしたから」

「感心されるほどのことじゃないよ。佃、予定通りに千駄木に向かってくれ」

「了解！」

佃が、ふたたびスカイラインを走らせはじめた。

車は道なりに進み、白山上《はくさんうえ》交差点を右折して谷中《やなか》方面に向かった。笹塚の姉の自宅は千駄木五丁目の外れにあった。小さな建売住宅が六棟並んでいる。そのうちの一軒だった。

佃が富坂宅の前にスカイラインを駐め、エンジンを切った。いつの間にか、黄昏《たそがれ》の気配が迫《せま》っていた。

岩城は先に車を降りた。富坂宅の敷地は狭かった。三十五坪もないのではないか。

二階家はモダンなデザインだが、それが逆に安っぽく見える。間取りは３ＬＤＫぐらいだろう。

富坂千春の夫は三十九歳で、ラーメン屋の店主だ。店は御徒町《おかちまち》にある。

佃がスカイラインから出てきて、富坂宅のインターフォンを響かせた。

ややあって、女性の声で応答があった。

「どなたでしょうか？」

「警視庁の者です。富坂千春さんですね？」

「はい、そうです」

「弟さんのことで、ちょっと捜査に協力していただきたいんですよ。インターフォン越しの遣《や》り取りではなんですから、玄関の三和土《たたき》に入れてもらえませんか」

「どうぞポーチに……」

「お邪魔します」

佃が門柱から離れ、低い門扉《もんぴ》を押し開けた。

岩城は先に敷地に入った。石畳のアプローチは二メートルそこそこしかない。佃が従《つ》いてくる。

岩城は小さなポーチに上がった。

ちょうどそのとき、玄関ドアが開けられた。姿を見せた富坂千春は地味な印象を与える。

岩城は警察手帳を短く見せ、捜査一課特命捜査対策室の支援捜査員と偽《いつわ》った。佃は姓を名乗っただけだった。

「中にお入りになってください」

千春が先に玄関に入り、上がり框《かまち》まで退《さ》がった。岩城・佃コンビは玄関に横に並んで立った。

「弟が大それたことをしたんで、仙台の両親をはじめ血縁者は誰も申し訳ないと思っています。夫も口にこそ出しませんが、義弟の事件のことで肩身の狭《せま》い思いをしているにちがいありません。本当に被害者の方、遺族の方たちにはご迷惑をかけてしまいました」

千春が岩城に言って、うなだれた。

「あなたの弟がやったことは非難されても仕方ないでしょうね。しかし、身内とはいえ、人格が異《こと》なるわけです。血縁者が必要以上に卑屈になることはありませんよ」

「そう言っていただけると、少しだけ気持ちが楽になります。ですけど、弟の罪は重いです。何をやってもうまくいかない人生に絶望し、引き籠《こも》ってるうちに厭世的《えんせいてき》な気持ちになって無差別殺人をやり、死刑になるつもりでいたんでしょう。悠輝は子供のころから人見知りが激しく、友達がほとんどいなかったんですよ」

「そうみたいですね」

「ずっと前から死んでしまいたいと考えてたのかもしれませんけど、とっても臆病《おくびょう》だったんです。それだから、自殺する勇気はなかったんでしょう。それで、無差別殺人事件で逮捕されれば、必ず死刑になるだろうと……」

「辛い質問をさせてもらいますが、警視庁の工藤警部は単なる行きずり殺人に遭《あ》っただけなんでしょうかね」

岩城は言った。

「そうではなかったとおっしゃるんですか⁉　弟は精神鑑定を受けて、犯行時は心神喪失の状態だったと……」

「ええ、そうですね。そして、あなたの弟は八王子の精神科病院に強制入院させられた。しかし、半月後に庭で日向ぼっこしてるときに何者かにサイレンサー・ピストルで撃ち殺されてしまった」

「弟は東京で上手に生きていけないことに妙な引け目を感じていて、実家や姉のわたしとも疎遠《そえん》になってたんです。派遣の仕事でなんとか食べていたみたいですけど、将来のことを考えると、不安でたまらなかったんでしょう。それで、危ない仕事を手伝ってたのかもしれません。たとえば、窃盗グループの見張りとか麻薬の運び屋とか」

「臆病な人間が反社会的な連中の下働きをする気になるだろうか」

「悠輝は、どうしても少しまとまったお金が欲しかったんでしょうね」

「あなたの話には矛盾《むじゅん》があります。人生に絶望して早く死にたいと願ってた者が金銭に執着しますかね？」

「弟は人生に絶望しながらも、心の奥底では生きたいと希求してたんだと思います。それだから、危ない仕事を手伝って百万とか二百万のお金を貰ったんでしょう。でも、おっかない人たちといつまでもつき合うのは危《ヤバ》いと思って、自分は途中で抜ける気になったんじゃないでしょうか」

「悪事をバラされたくない奴が殺し屋を雇って、精神科病院に入院中のあなたの弟の口を封じさせた。そう推測してるんですね？」

「多分、そういうことなんだと思います」

千春が答え、天井を仰《あお》いだ。考える顔つきだった。

「話を元に戻しますけど、笹塚悠輝さんが心のバランスを崩してると感じたことはありました？」

佃が千春に問いかけた。

「弟のことが心配になって、わたし、二カ月に一度ぐらいは電話をかけてたんです。悠輝は世の中を呪《のろ》うようなことばかり言ってました」

「それなら、心のバランスは崩れてなかったんでしょう」

「そうなんでしょうか。弟に対して、わたしは子供のころから何かと説教めいたことを言ってきたんですよ。悠輝はわたしに叱《しか》られたくなかったんで、ふだんより気を張ってたというか、緊張してたのかもしれません。だから、とんちんかんな受け答えをすることがありました。もしかしたら、心の病に罹《かか》ってたのかもしれません。ええ、そうなんでしょうね。それで、衝動殺人に走ってしまったんでしょう」

「お姉さんは、東都医大の真崎教授の精神鑑定に何も不自然なものは感じてないんですね？」

「事件を起こしたとき、弟の悠輝は間違いなく心神喪失状態にあったんですよ。そのことは、メンタル面に問題があったという証明になりますでしょ？」

「まったく精神に異常がなかったとは断定できませんけど、犯行時には心神耗弱《こうじゃく》状態だったのかもしれませんよ。そうなら、心神喪失と違って、刑罰は科せられます。心のバランスを失ってるわけですから、刑は軽減されますけどね」

「刑事さんがおっしゃった通りなら、高名な精神科医の真崎先生は虚偽の精神鑑定をしたことになりますでしょ？　なぜ、そんなことをする必要があるんです？」

「これは自分の想像なんですが、真崎教授は工藤警部を亡《な》き者にしたいと思ってた者に何か大きな弱みを握られてたんで、笹塚悠輝を心神喪失者と鑑定したのかもしれません」

「ちょっと待ってください。弟の事件は衝動的な殺人ではなかったと言うんですか⁉　つまり、行きずり殺人を装った計画的な犯罪ではないかと……」

「そう疑えなくもありません。あなたの弟は八王子の精神科病院に強制入院させられてから、わずか半月後に何者かに射殺されたんですよ」

「それは、さっき申したように弟が悪事の手伝いをしてたんで、途中で仲間から離れようとしたから殺されたんでしょう」

千春が早口で言った。

「これまでの捜査で、あなたの弟が工藤警部殺しのほかに危ない犯罪に加担してたという事実は摑んでないんですよ。監察係長だった工藤警部を刺殺したことで、あなたの弟は口を封じられたと考えられます。要するに、通り魔殺人ではなかったってことになりますね」

「でも、弟は被害者の警部さんとは一面識もなかったんですよ。そんな相手をどうして悠輝が殺さなければいけないんです？　おかしいではありませんかっ」

「殺人の成功報酬に目が眩《くら》んだんじゃないかな」

「弟がお金欲しさに代理殺人を請け負ったなんて考えられませんっ。上板橋の部屋を引き払うとき、わたし、立ち会ったんですよ。わずか数万円の現金があるだけで、預金通帳の残高は数百円でした。人殺しの報酬と思われる大金なんかどこにもありませんでしたよ」

「自宅アパート以外の場所に大金を隠したとも考えられますね。その場所は、いまも不明ですけどね」

佃が言って、半歩後退した。千春が玄関マットの上に頽《くずお》れた。

「お姉さん、大丈夫ですか?」

岩城は気遣った。

千春が無言でうなずき、居住《いず》まいを正した。顔色がすぐれない。実弟が代理殺人を請け負った疑いがあると聞き、ショックを受けたのだろう。

「衝動殺人も罪深いことですけど、お金のために弟が殺人を請け負ったんだとしたら、もはや救いはありません。人間として、クズに成り下がってしまったんでしょうか」

「あなたの弟が代理殺人を引き受けたという確証は、まだ摑んでません。しかし、状況証拠から察すると、その疑いが濃いんですよ」

「弟は依頼人に指示された通りに衝動殺人に見せかけ、文化庖丁で工藤警部を刺し殺したんでしょうか。なんてことなのかしら」

「凶器の入手先は不明ですが、殺人の依頼人が用意したのかもしれません」

「そうなんでしょうか。工藤警部は監察の仕事をされてたんですよね。何か悪いことをしてた警察官か職員が摘発されることを恐れて、弟を雇ったんでしょうか?」

「捜査本部と特命捜査対策室もその線が考えられるんで、工藤警部がマークしてた二人の刑事を調べたんです。それで、どちらも不正を働いてる心証を得たんですよ。しかし、工藤警部殺しに関わってるという証拠は摑めませんでした」

「そうなんですか」

「あなたの弟が星野敏という名を口にしたことは？」

「ありません」

「秋葉義明という名に聞き覚えは？」

岩城は畳みかけた。

「いいえ、その方の名前も弟の口から出たことはないですね」

「そうですか。元検事の栗林誠吾弁護士は、仙台の両親が雇ったんだろうか。そうではなく、あなたが弟の弁護を頼んだんですか？」

「父母も、わたしも依頼はしてません。栗林先生が自分のほうから仙台の実家に連絡して、弟の弁護を買って出てくださったんですよ。通り魔殺人事件の犯人の多くは精神鑑定で心が正常じゃないとされ、刑罰を免れたり、軽減されてますでしょ？」

「そうですね」

「栗林先生は弟に同情したということではなく、加害者を不起訴にして弁護士としての実績を得たかったんでしょうね。両親もそのことは感じ取ったはずですが、悠輝が長い懲役を科せられるのは不憫《ふびん》だと思って、栗林先生に弁護をお願いしたんだと思います」

「おかげで、あなたの弟は刑罰を免れて強制入院させられるだけで済んだ」

「被害者の遺族の方たちには申し訳ないと思いましたが、父母と同様に弟が服役しなくていいことをありがたいと感じました。ですけど、悠輝は半月後に誰かに撃ち殺されてしまいました。理由はどうあれ、弟は工藤警部の命を奪ったわけです。こうなったのは、因果応報なんでしょう。弟を射殺した犯人捜しも難航してるようですが、わたし個人の気持ちとしては加害者を恨む気はありません」

「そうだからといって、警察としては八王子の射殺事件の捜査を打ち切るわけにはいかない。工藤和馬の事件とあなたの弟の死は繋がってるようなんですよ」

「そうなんですか!?」

「栗林弁護士と東都医大の真崎教授は、仙石原にあるカントリークラブの会員なんですよ。二人に個人的なつき合いはないようだが、ゴルフ場のクラブハウスでたまに顔を合わせてたとは考えられます」

「会員同士ですから、顔馴染みだった可能性はあるでしょうね」

「検察側は、あなたの弟の精神の再鑑定をしなかった。真崎教授の鑑定に間違いはないと結論づけたんじゃないとしたら、検察庁、弁護士、精神科医の三者が二件の殺人事件の首謀者に何か弱みを握られて、言いなりになってしまったんでしょう」

「まさか⁉」

「にわかには信じられない話でしょうが、権力を握った成功者たちも人の子です。生身の人間は時に愚《おろ》かなことをしてしまう。それが弱みにもなったりする」

「そうなんでしょうけど……」

千春が言い澱《よど》んだ。それを汐《しお》に、岩城・佃班は富坂宅を辞した。

スカイラインに乗り込んで間もなく、岩城のポリスモードが着信音を発した。ポリスモードを取り出す。電話をかけてきたのは森岡だった。

「工藤和馬の自宅を訪ねて、未亡人の綾乃に話を聞いたよ」

「何か新情報は得られました？」

「期待してたんだが、新たな手がかりを得られなかった。レザークラフトをせっせと造ってネット販売しながら、小五の息子を女手ひとつで育ててるのは立派だよ」

「偉いですよね。逆の立場ですが、森岡《モリ》さんも男手ひとつで二人の子供を養《やしな》ってる。尊敬に価《あたい》しますよ」

岩城は言った。

「リーダー、からかうなって。こっちは子供らに支《ささ》えられながら、なんとかやってるんだ。誉《ほ》められるようなことはしてないって。それはそうと、少し前から笹塚が住んでたアパートの居住者と付近の者たちに聞き込みを重ねてみたんだが、徒労に終わったよ」

「そうですか」

「岩城・佃班には収穫があったのかな」

森岡が問いかけてきた。岩城は経過をかいつまんで喋った。

「どっちも、これといった手がかりなしか。けど、焦《あせ》ることはないよ。まだ初日なんだからさ」

「そうですね。おれたちは、これから秋葉義明が愛人にしてる里中早希の自宅マンションに行ってみようと思ってるんですよ」

「そう。三年半前に関西の極道に撃ち殺された仁友会松宮組の若頭補佐の愛人《レコ》の面倒を見てるんだったら、組対五課の秋葉は危《ヤバ》い内職に励まねえとな。秋葉は、工藤和馬に尻尾《しっぽ》を摑まれたんじゃないのかね。で、第三者を介して笹塚に工藤を始末させたんじゃないか」

「なんらかの形で里中早希に探りを入れてみますよ。森岡《モリ》さんは瀬島と一緒に工藤の上司だった利根川管理官と古屋主任の家《ヤサ》に回って、二人から話を聞いてくれますか」

「あいよ」

森岡が電話を切った。岩城はポリスモードを懐に戻し、スカイラインを鳥居坂に向かわせた。

2

張り込んで二時間が経過した。

岩城はスカイラインのフロントガラス越しに、『鳥居坂エルコート』の表玄関に目を向けていた。里中早希が自室の六〇六号室にいることは、確認済みだった。部下の佃が不動産会社の営業マンを装って、偽電話をかけたのである。

「秋葉は今夜、早希の部屋を訪れる予定になっていないんですかね？」

「佃、そう急《せ》くな。ここに来る途中でコンビニで買ったサンドイッチでも喰うか」

「そうしましょう。缶コーヒーは冷めちゃったかもしれないな」

「いいさ」

岩城は後部座席から白いビニール袋を摑み上げ、口を大きく開いた。

佃がミックスサンドと缶コーヒーを手に取る。二人は缶コーヒーを傾けながら、サンドイッチを頬張りはじめた。

張り込み中は、おにぎりや調理パンなどで空腹を満たすことが多い。徹夜で張り込む場合は、好みの弁当をつつく。

「チャンスがあったら、自分、早希の部屋に高性能な盗聴器を仕掛けます。そうすれば、訪ねてくる秋葉と早希の会話を拾えるはずですよ」

「おまえは器用《きよう》だな。関節を素早く外すだけじゃなく、盗聴のテクニックをいろいろ知ってる。盗み撮《ど》りもうまい。公安の連中も舌を巻くだろうな」

「たいしたことないですよ。リーダーや森岡《モリ》さんみたいに殺人捜査のベテランじゃないんで、そういうことでチームに貢献しませんとね。自分よりも瀬島のほうが特技を持ってますよ」

「確かに彼女の特殊メイクの技術はプロ級だな。人工皮膜とパテで素顔を隠して、短時間で別人に仕立ててくれるから、ありがたい」

「そうですね。ハリウッドで特殊メイクを習った知り合いの女性に技術を教わったと言ってましたけど、もともと手先が器用なんでしょう」

「そうなんだろうな。それに科学知識が豊富だから、安っぽい細工なんかしない」

「ええ、そうですね」

「森岡《モリ》さんは犯罪者心理をよく知ってるから、口を割らせるのが上手だ。おれは別に特技があるわけじゃないから、ちょっと引け目を感じるな」

「リーダーは射撃の名手だし、洞察力もあります。自分たち三人よりも、ずっと優《すぐ》れ者ですよ」

「ハムサンドが残ってるな。佃、喰うか?」

岩城は軽口をたたいた。コンビは腹ごしらえをし、張り込みを続行した。

利佳から岩城に電話がかかってきたのは、午後七時四十分ごろだった。

「先に帰宅した利根川管理官に接触したんですけど、捜査資料に記述されてたこと以外に新たな情報は得られませんでした。工藤警部は星野と秋葉の犯罪の証拠が揃ってから、担当管理官に監察結果をちゃんと報告すると言ってたそうです」

「そうか。工藤和馬と一緒に星野や秋葉をマークしてた部下の古屋主任は、まだ家《ヤサ》に戻ってないのか?」

「いいえ、十五、六分前に帰宅しました。古屋主任は上司の工藤警部と監察中、暴漢に襲われかけたそうです」

「そのことは資料に載ってなかったな」

「ええ、そうでしたね。工藤係長と古屋主任は暴漢を取り逃がしたらしいんですよ。逃走した三十代と思われる男は、投資詐欺で捜二に内偵されてた清水喬のことを嗅《か》ぎ回ってると、二人とも若死にするぞと忠告したそうなんです。知能犯係の星野敏が監察係に目をつけられたと清水に教えたと考えられます」

「暴漢がわざわざそんな脅迫をするだろうか。瀬島、何か作為《さくい》を感じないか？」

岩城は訊いた。

「そう言われれば、一種の陽動と受け取れなくもありませんね」

「そうだよな。ほかに何か新情報は？」

「古屋主任は監察中、明らかに組員と思える複数の男たち三人に代わる代わる尾行されたと打ち明けてくれました。秋葉と腐れ縁のやくざたちが監察の動きを探ってたんではありませんか」

「それも、ちょっと不自然だな。秋葉が人事一課監察係の動向を気にするのはわかるが、やくざたちに工藤と古屋を尾けさせたら、すぐに後ろで糸を引いてる人間が透けてくるだろうが？」

「ええ、確かにね。工藤警部の事件に星野、秋葉が関与してると思わせるためのミスリードなんでしょうか」

「そう勘繰りたくもなるな。工藤と古屋は暴漢や不審者の正体を突きとめられなかったんで、利根川管理官には報告しなかったんだろうか」

「多分、そうなんでしょうね。リーダー、そちらに何か動きはありました？」

「里中早希の鳥居坂のマンションを張りつづけてるんだが、対象者《マルタイ》は外出する様子がないんだ。秋葉義明も早希の自宅にはやってこない」

「組対五課の対象者は捜査当局の動きを警戒してるのかもしれませんよ」

「そういうことも考えられるが、おれと佃はもう少し張り込んでみる。森岡《モリ》さんと瀬島は帰宅してもかまわない」

「プリウスで鳥居坂に回りますよ。張り込み車輛が二台のほうがいいでしょ？」

「いや、むしろ張り込みを覚《さと》られやすいな。瀬島、いまから飛ばすと、そのうちヘタっちゃうぞ。科捜研で働いてる彼氏とデートでもしたら？」

「任務のほうが大事ですよ。いつでも彼には会えますからね」

「仕事優先もいいが、つれなくしてると彼氏に浮気されちゃうぞ」

「そんなことをしたら、すぐにジ・エンドです。わたし、男性に縋《すが》るような生き方はしたくないんですよ」

「ご立派だが、息抜きも必要だぜ」

「わかってます。そちらに回らなくてもいいんだったら、ちょっとカラオケに寄って自宅に戻ります」

「わかった。森岡《モリ》さんによろしくな」

「はい」

利佳が通話を切り上げた。岩城はポリスモードを上着の内ポケットに突っ込み、佃に通話内容をかいつまんで伝えた。

「工藤警部と古屋主任に迫った暴漢とヤー公たちは、ミスリードしたかったんでしょうかね。自分は、捜二の星野と組対五課の秋葉が人事一課《ヒトイチ》の動きが気になって仕方がなかったから……」

「動きを探らせた？」

「ええ。作為を感じないでもないですが、そんな気がします。確証があるわけではありませんけどね。星野と秋葉も一応、警察官《サツカン》なんです。犯罪者の烙印《らくいん》を捺《お》されたら、生きにくくなることは知ってるはずです。懲戒免職にはなりたくないでしょう」

「それはそうだろうな。おれは考えすぎなんだろうか」

「わかりません。リーダーの読み通りだったら、謝ります」

佃が口を噤《つぐ》んだ。

その直後、『鳥居坂エルコート』のアプローチから二十六、七歳の女が現われた。岩城は目を凝《こ》らした。

里中早希だった。タレント時代のころ、テレビの旅番組のレポーターを務めていた。クイズ番組にも出演し、〝おばかキャラ〟で笑いを取っていた。

「やっと早希が動きはじめましたね。タレントのころよりも少し老《ふ》けましたが、個性的な美女だな」

佃が呟《つぶや》くように言った。

「この時間に外出するのは、秋葉とレストランかダイニングバーで落ち合うことになってるのかもしれないぞ」

「ええ、考えられますね。早希が地下鉄に乗るようだったら、どうしましょう？」

「その場合は、おれが徒歩で早希を尾《つ》ける。おまえは車をアジトに戻して、柿の木坂の家《ヤサ》に帰ってくれ」

岩城は指示した。佃が顎を小さく引き、ステアリングを握った。

早希は大通りに向かっている。佃が低速でスカイラインを走らせはじめた。早希は大通りでタクシーを捕まえた。

佃は、早希を乗せたタクシーを追走しだした。早希が尾行に気づいた様子はうかがえない。

タクシーは最短コースで青山《あおやま》通りに出て、渋谷方面に向かった。行き先に見当はつかなかった。

タクシーは数十分走り、渋谷の東急百貨店本店のそばで停止した。

佃がスカイラインを暗がりに寄せる。タクシーを降りた早希は少し歩き、円山町《まるやまちょう》の坂道を登りはじめた。馴《な》れた足取りだった。

かつてラブホテル街として知られた円山町は、若い世代向けのプレイスポットに変わりつつある。エスニックレストラン、ブティック、古着屋、ダンスクラブなどが飛び飛びに連《つら》なり、賑《にぎ》わっていた。

ファッションホテルと呼ばれるようになったラブホテルも健在だ。どこも趣向を凝らした造りになっていて、入りやすいのではないか。

早希は坂道の中ほどにある飲食店ビルの地階に降りた。地階には『K』という店名の踊れるクラブしかない。

佃が『K』の少し手前で車を停めた。ライトを消し、エンジンも切る。

「四十近いおれがDJのいるクラブに入ったら、客たちに不審がられるだろう。三つ若い佃なら、それほど怪しまれないと思うよ。おまえ、『K』に潜《もぐ》り込んで早希が誰かと落ち合ったのかどうか調べてみてくれないか」

「わかりました」

「早希が『K』で秋葉と待ち合わせをしてるとは考えにくい。早希は秋葉の目を盗んで若い男と浮気してるのかもしれないぞ」

「そうなんですかね」

「とにかく、様子を見てきてくれ」

岩城は急《せ》かした。佃が慌《あわ》ただしくスカイラインから出て、『K』に通じる階段を駆け降りていった。

岩城は煙草《たばこ》をくわえた。すぐには佃は戻ってこなかった。岩城は、さらにセブンスターを二本喫《す》った。

そのすぐ後《あと》、佃が車の中に戻ってきた。ドアを閉めると、彼は報告した。

「早希はダンスフロアで一曲ほどステップを踏んでから、化粧室に向かいました。だけど、トイレには入りませんでした。通路に立って間もなく、半グレっぽい若い男が早希に近づいたんですよ」

「店内で何かドラッグを買ったんじゃないのか？」

「当たり《ビンゴ》です。早希は金と引き換えに、合成麻薬のＭＤＭＡを受け取りました。俗にエクスタシーと呼ばれてるドラッグです」

「錠剤型覚醒剤ヤーバーとＭＤＭＡ《エクスタシー》は、若い連中に人気があるようだな」

「オランダから入ってくるヤーバーは不純物が少ないんで、いまも人気がありますね。でも、タイで密造されてるヤーバーは混ぜ物が多いんです」

「安く手に入るからな」

「そうなんですよ。そんなことで、値は高いんですが、MDMA《エクスタシー》のほうがよく売れてるんです」

「そうなのか。早希は、買ったMDMA《エクスタシー》を服《の》んだのかい？」

「ダンスフロアに戻ると、バドワイザーで一錠服《の》みました。少しも悪びれた様子はなかったから、常用者なんだろうな。ほかの客たちの半数近くは何かドラッグを体に入れてる感じでした。アルコールで酔ったときとは違う感じで、ハイになるんですよ」

「佃、早希は店内で若い男と落ち合ったのか？」

「踊ってる男たちとは親しげに喋ってましたが、浮気相手はいないようでした」

「MDMA《エクスタシー》を手に入れたくて、馴染《なじ》みの『K』に来ただけだったのか。がっかりだな」

「リーダー、早希はレズの気《け》があるのかもしれません。二十二、三のモデル風の娘《こ》と熱く見つめ合いながら、愉《たの》しそうに踊ってましたから」

「数こそ多くないが、異性も同性も好きになるバイセクシュアルはいるからな。やくざの幹部と刑事《デカ》の世話になってきた早希は、女にも興味があるかもしれないのか。想像もしてなかったがな」

「自分も同じです。そうだったとしても、早希はそのことを秋葉に打ち明けてはいないでしょうね」

「だろうな」

「バイセクシュアルなら、早希はパトロンを裏切ってることになります。リーダー、そのことを切札《きりふだ》にして、早希を追い込みましょうよ。秋葉が汚い内職で多額な臨時収入を得てるかどうかはたやすく吐きそうだな。その悪事を工藤警部に知られて、秋葉が焦ってたかどうかも喋るかもしれませんよ」

「そうだな。早希が外に出てくるのを待とう」

岩城は言って、シートに深く凭《もた》れかかった。佃も楽な姿勢を取った。

早希が『K』から現われたのは、午後十時四十分ごろだった。

ひとりではなかった。彫りの深いモデル風の若い女と腕を組んでいた。

「フロアで踊ってた相手です。近くのファッションホテルにしけ込むんですかね。どっちかの自宅に行くんだろうか」

佃が小声で言った。早希は連れの女性と寄り添いながら、坂道をゆっくりと下《くだ》りはじめた。

佃がスカイラインを発進させ、少し先の脇道で車首の向きを変えた。一定の距離を保ちながら、早希たち二人を尾けていく。

二人は文化村通りまで歩き、タクシーの空車を拾った。

佃が慎重にタクシーを追いはじめた。ほどなくタクシーは青山通りに入った。どうやら目的地は『鳥居坂エルコート』のようだ。

やがて、タクシーは早希の自宅マンションに横づけされた。佃が数十メートル離れた路肩にスカイラインを寄せる。ライトはすぐに消された。

「早希のマンションの出入口は、オートロックシステムにはなってなかったな？」

岩城は部下に確かめた。

「ええ、そうでしたね」

「二、三十分経《た》ったら、六階に上がろう。おれが目隠し役を務めるから、おまえは例によって盗聴マイクを六〇六号室のドアや壁に押し当ててくれ」

「了解！　早希がハーフっぽい顔立ちの娘《こ》とシャワーを浴びてるようだったら、ピッキング道具を使って部屋に侵入する。ドアのチェーンが掛けられてたら、特殊カッターで切断するという段取りですね？」

「侵入方法はそうだが、二人がベッドインしてから忍び込もう。浴室で大声を出されたら、面倒だからな」

「そうですね。リーダーの指示に従います」

佃が応じた。

二人は三十分近く待ってから、目許《めもと》をサングラスで覆《おお》った。肌色の極薄《ごくうす》のゴム手袋を嵌め、静かにスカイラインを降りる。

岩城は居住者《きょじゅうしゃ》のような顔をして、堂々とマンションのエントランスロビーに入った。エレベーターで六階に上がる。

エレベーターホールに防犯カメラがあった。二人は抜き足で六〇六号室に近づいた。岩城は防犯カメラに背を向けて、佃を死角になる位置に回り込ませた。

佃が中腰になって、最新型の盗聴器セットを上着のポケットから取り出した。受信器には超小型盗聴マイクとイヤホンが取り付けてある。周波数は合わせてあるはずだ。

佃がイヤホンを耳に嵌め、吸盤型の小さな盗聴マイクをドアや壁に当てはじめた。数分が流れたころ、佃が声を発した。

「二人は寝室にいるようです。彫りの深い娘《こ》はアミと呼ばれてました。ベッドマットの軋《きし》み音も聞こえますから、二人は裸で抱き合ってるんでしょう」

「ピッキング道具を使って、ドアのロックを解《と》いてくれ。できるだけ音をたてないようにな」


　岩城は低い声で言った。

　佃が盗聴器セットをポケットの中に戻し、ピッキング道具を使いはじめた。一分そこそこで、内錠が外れた。

　佃がドアを細く開ける。チェーンは掛けられていなかった。先に佃が室内に入った。岩城もすぐさま入室した。

　玄関ホールは暖かい。二人は土足のままで、奥に進んだ。

　間取りは１ＬＤＫだった。リビングの右手に寝室があるようだ。岩城たちは抜き足で歩《ほ》を進めた。

　岩城は寝室らしい洋室のドアをそっと開けた。ダブルベッドの上で、一糸もまとわない二人の美女がシックスナインで口唇愛撫を施《ほどこ》し合っている。舌の鳴る音が淫靡《いんび》だった。なまめかしい喘《あえ》ぎ声も煽情的《せんじようてき》だ。

　岩城はドアを大きく開け、佃に目配せした。

　佃がダブルベッドに走り寄り、無言でハーフっぽい女の上体を摑み起こした。すぐに顎の関節を外す。

　アミが唸《うな》りながら、のたうち回った。早希が半身を起こし、毛布を引き寄せた。

「あんたたち、何者なの⁉」

「おれの質問に素直に答えれば、二人に荒っぽいことはしない。約束するよ」

岩城は言った。

「もうアミに乱暴なことをしたでしょうが！」

「じきに顎の関節は戻してやる。三年半前にパトロンのやくざが関西の極道に射殺されてから、そっちは秋葉義明の世話になってるんだな？」

「誰なの、その男は？」

早希が小首を傾《かし》げた。

「空とぼけてると、手錠《ワッパ》打たれることになるぞ。そっちが渋谷の『K』でMDMA《エクスタシー》を手に入れたことはわかってるんだ。すぐに一一〇番してもいいんだぜ」

「や、やめて！　おたくの言う通りよ。前の彼が殺されたんで、秋葉さんの世話になってるの」

「秋葉が警視庁の組対五課に所属してることは知ってるんだな？」

「ええ」

「刑事の俸給は高くない。秋葉は何か危《ヤバ》いことをやって、別収入を得てるんだろう？」

「そうだと思うけど、わたし、なにも教えてもらってないのよ。嘘じゃないわ」

「それはどうかな」

岩城は薄く笑って、ショルダーホルスターからグロック32を引き抜いた。安全装置を掛けたまま、銃口を早希に向ける。

「それ、モデルガンじゃないんでしょ？」

「真正銃《しんせいじゅう》さ。本当のことを言わなきゃ、引き金を絞ることになるな」

「本当に本当よ。わたし、嘘なんかついてない。秋葉さんが何か悪さをして、わたしの生活費や家賃を工面《くめん》してるんだと思うけど、なんか怖くて訊けないのよ」

「秋葉が本庁の監察係に目をつけられてると洩《も》らしたことはないか？」

「そんな話をしたことはないわ」

「そっちのパトロンが誰かに笹塚悠輝って男を紹介されたことは？」

「彼から、そういう名は一度も聞いたことはないわ」

「そうか。そっちは欲張りなんだな」

「どういう意味なの？」

「秋葉の愛人なのに、アミって娘《こ》とこっそりレズってるよな。そのことを秋葉が知ったら、どんな反応を示すかね」

「彼には、秋葉さんにはアミのことは言わないで。お願いよ。わたし、男も女も愛せるの。秋葉さんを怒らせたら、殺されちゃうかもしれない。だから、絶対に内緒にしておいて。それなりのお礼をするわ。わたしを抱きたいんだったら、抱いてもいいわよ。その代わりアミとのことはバラさないで。この通りです」

早希が哀願して、両手を合わせた。裸身をわななかせていた。恐怖に竦《すく》んでいる。

「女を怯《おび》えさせたくはなかったんだが、やむを得なかったんだ。勘弁してくれ」

「おたくたちは、警察関係者なんじゃない？」

「こんな荒っぽいことをやる刑事はどこにもいないよ」

「そうか、そうだわね。何が目的で、わたしの部屋に押し入ったの？」

「ちょっと訊きたいことがあっただけさ。野暮なことをして悪かったな。相棒にアミって娘《こ》の顎の関節を戻させるから、改めて肌を貪《むさぼ》り合ってくれ」

岩城はグロック32をホルスターに収《おさ》め、佃に合図を送った。

3

体を繋《つな》ぐ。

正常位だった。未穂が甘やかな声で呻《うめ》いた。

岩城はそそられ、腰を躍《おど》らせはじめた。六、七度浅く突き、一気に深く分け入る。突くだけではなかった。腰に捻《ひね》りも加えた。

午前六時前だった。昨夜は十一時過ぎに帰宅した。スペアキーで岩城の部屋に入った未穂は、本格的なブイヤベースをこしらえて待っていた。白ワインも二本用意してあった。

二人はブイヤベースを食べながら、白ワインを飲みつづけた。グラスを重ねているうちに、二本のワインを空けてしまった。

未穂は割にアルコールに強い。それでも、だいぶ酔いが回った様子だった。先にシャワーを浴びたという。

岩城は未穂を寝かせ、ゆっくりと入浴した。それから、ベッドに入った。酔って寝入った未穂を強引に抱くわけにはいかない。岩城は眠りについた。

未穂が体を重ねてきたのは明け方だった。岩城は求めに応じ、未穂の柔肌を慈《いつく》しんだ。指と口唇で、それぞれ一度ずつパートナーを沸点《ふってん》に導いた。

そのつど、未穂は裸身をリズミカルに硬直させた。歓《よろこ》びの声はジャズのスキャットにどこか似ていた。長く尾を曳《ひ》いた。熄《や》みそうで熄まなかった。

岩城は煽《あお》られた。ペニスは角笛《つのぶえ》のように反《そ》り返っていた。未穂は体の震えが小さくなると、岩城の股の間にうずくまった。

舌技には、ほとんど無駄《ロス》がなかった。岩城は舐《な》められ、吸われた。舌の先で鈴口もくすぐられた。

岩城は昂《たか》まりきると、未穂と一つになった。

二人はいつものように幾度か体位《ラーゲ》を変え、ゴールをめざすことにしたのである。未穂の内奥《ないおう》は充分に潤《うる》んでいた。だが、少しも緩《ゆる》みはない。襞《ひだ》の群れは男根《だんこん》に吸いついて離れなかった。

「いい、いいわ」

未穂が上擦《うわず》った声で言い、迎え腰を使いはじめた。動きは控え目で、恥じらいが感じられる。いい感じだ。

岩城は律動《りつどう》を速《はや》めた。

結合部の湿った音が刺激になる。痼《しこ》った陰核《クリトリス》の感触も欲情を掻《か》き立てた。

二人はリズムを合わせながら、動きつづけた。十分も経《た》たないうちに、未穂が裸身を縮めはじめた。昇りつめる前兆だ。

岩城は突いて、突きまくった。引くときは腰を捻《ひね》り、亀頭の縁《ふち》で膣口《ちっこう》を削《そ》ぐように擦《こす》った。

ほどなく未穂は絶頂に達した。とたんに、内奥がすぼまった。

岩城の性器はきつく締めつけられた。快感のビートがはっきりと伝わってくる。快《こころよ》かった。搾《しぼ》り上げられ、声が出そうになった。

岩城はゴールに向かって疾駆《しっく》しはじめた。

未穂が顔を小さく振りだした。閉じた瞼《まぶた》の陰影が濃い。寄せられた眉根《まゆね》も悩ましかった。半開きの口の奥では、ピンクの舌が海草のように舞っている。それも妖《あや》しかった。

岩城はがむしゃらに突いた。

もう腰は捻らなかった。ひたすら突きつづけた。未穂が魚のように全身をくねらせ、啜《すす》り泣きのような声を細く零《こぼ》しはじめた。

岩城は走りつづけた。

快感が腰のあたりに集まり、背を駆け上がっていった。次の瞬間、頭の中が白く霞《かす》んだ。

射精感は鋭かった。ペニスが嘶《いなな》くように頭を幾度かもたげた。

未穂が不意に高波に呑《の》まれた。甘く呻きながら、ひとしきり身を揉んだ。未穂はピルを服用している。これまで避妊に失敗したことはない。

二人は余韻《よいん》を味わってから、結合を解いた。後戯を交わし合ってから、どちらも仰向けになった。

「わたし、男性を犯しちゃったのね」

未穂が笑いを含んだ声で言った。

「たまに女から求められると、なんか燃えるよ」

「しょっちゅうだと、幻滅しちゃうんでしょうね」

「未穂なら、幻滅することはないと思うよ。惚れてる相手に積極的になられたら、嬉しいものさ」

岩城は恋人を抱き寄せた。

未穂が岩城の肩口に頰《ほお》を密着させ、胸板をいとおしげに愛撫しはじめた。岩城はされるままになっていた。

十分あまり流れたころ、未穂がベッドを抜けてバスローブを羽織《はお》った。

「またシャワーを使わせてもらうわね。疲れたでしょ？　少し寝たら？　ぐっすり眠ってたら、わたし、そっと部屋を出て出勤するから」

「着換えの服は何着かクローゼットに入ってたよな？」

「ご心配なく。同じ服を二日も着て出社したら、外泊したことが職場のみんなにバレちゃうわ」

「そういうことに気を遣《つか》わなきゃならないんだから、まだまだ日本は男社会なんだな。男が同じ背広で二日出勤しても、同僚たちはニヤリとするだけだと思うよ」

「そうでしょうね。二十代のころは女が損してると思ってたけど、男性よりも得することもあるから」

「そうかな」

「セックスの快感については、女のほうが得してるでしょ？　ワンラウンドに相手《パートナー》は一度しかクライマックスを味わえないけど、女性は二回も三回も……」

「その点は女のほうが確かに得だな。だが、ほかの面では女のほうが不利だよ」

岩城は腹這《ば》いになって、サイドテーブルの上の煙草とライターに手を伸ばした。未穂が小さく相槌を打ってから、寝室から出ていった。

岩城はセブンスターに火を点け、深く喫《す》いつけた。

情事の後《あと》の一服は、いつも格別にうまい。煙草が健康を害することは知っているが、死ぬまで禁煙する気はなかった。禁欲的《ストイック》な生活を心掛けて平均寿命よりも長く生きることにそれほど意味があるとは思えない。

たった一度の人生だ。しかも命には限りがあるわけだから、好きなように生きるべきだろう。そう思うのは、自分がまだ独身だからだろうか。

結婚して子供ができたら、家族を路頭に迷わせるわけにはいかない。妻子持ちに自分と同じように気ままに生きろとは言えないか。

「結婚したら、何かと責任が重くなるんだな」

岩城は声に出して呟き、短くなった煙草の火を消した。それから、ベッドに身を横たえる。

眠るつもりはなかった。だが、岩城は知らないうちに寝入っていた。

自宅マンションの前を通ったオートバイのエンジン音に眠りを突き破られたのは、午前八時半過ぎだった。

岩城はベッドから離れ、居間を覗いた。未穂の姿は見当たらない。ダイニングキッチンに目をやると、朝食の用意が調《ととの》っていた。

卓上には未穂のメモが載っている。コーヒーを淹《い》れ、ハムエッグをこしらえたとメモされていた。ありがたかった。

岩城は未穂に感謝しながら、浴室に向かった。エアコンのスイッチを入れてから、熱めのシャワーを浴びる。

岩城は髪も洗い、髭《ひげ》も剃った。普段着姿で、未穂が用意してくれた朝食を摂《と》る。ハムエッグは温め、トーストを一枚食べた。未穂は何も食べずに出勤したようだ。申し訳なく思う。

岩城は食器を洗うと、入念に歯を磨《みが》いた。急いで身仕度をして、部屋を出る。いつもは地下鉄かバスを利用していたが、部下たちをあまり待たせるわけにはいかない。

岩城はタクシーで秘密のアジトに向かった。『エッジ』に着いたのは、午前十時数分前だった。

三人の部下はソファに坐って捜査のことを話題にしていた。岩城は部下たちに遅れたことを詫《わ》び、利佳の横に腰かけた。

「佃さんから前夜のことは聞きました。グロック32をちらつかせたという話ですから、里中早希が嘘を言ったとは考えにくいですね」

「喋ったことは本当なんだろう。しかし、秋葉が何か不正な方法で別収入を得てることは間違いないと思うよ」

「ええ、それはね。そのことで工藤警部に目をつけられてたことも確かでしょう。でも、秋葉が間接的に笹塚と接触して、工藤和馬を始末させた疑いはまだ判断できませんね」

「ああ、そうだな。捜二の星野が清水の詐欺の事実を揉み消した疑いはあるが、工藤殺しに関与してるかどうかも不明だ」

「リーダー、秋葉に何か罠《わな》を仕掛けて詰問してみませんか。後ろ暗いことをしてることは間違いないんだから、ハードに締め上げれば、二年一カ月前の刺殺事件にタッチしてるかどうか吐くんじゃないのかな。瀬島に特殊メイクで顔の印象を変えてもらって、荒っぽい強請屋《ゆすりや》にでも化けたら、秋葉はビビるでしょう」

佃が口を挟んだ。

「秋葉と星野を追い込む前に一応、懲戒免職になった十六人を手分けして調べてみよう」

「そうしたほうがいいのかな」

「十六人の個人情報をみんなに送信するよ」

岩城はポリスモードを取り出し、三人の部下の刑事用携帯電話に懲戒免職者たちの個人情報を送った。

「九人は関東地方に住んでるが、ほかの七人は遠い地方にいるな」

森岡がポリスモードのディスプレイを覗き込んでから、岩城に話しかけてきた。

「そうですね」

「二班に分かれて、八人ずつ調べるとなったら、何日もかかっちまうな」

「十六人に直《じか》に会って探りを入れるのがベストなんでしょうが、手間暇《ひま》がかかりすぎます」

「そうだね。リーダーに何か妙案がありそうだな。しかし、十六人の事件当日のアリバイは立証されてる」

「ええ。当人と電話が繋がったら、おれたち四人はブラックジャーナリストを装って鎌をかけてみましょうよ」

「相手にアリバイ工作を見破ったと揺さぶってみるわけだな」

「そうです。狼狽《ろうばい》する奴がいたら、そいつの住んでる所に足を運んで動きを探るんですよ。その懲戒免職者と実行犯だった笹塚が間接的にでも結びついてたら、本腰を入れて調べ上げる。そうすれば、捜査日数を大幅に短縮できるでしょう？」

「そうだな。その手でいこうや」

「ええ」

「さすがリーダーだね。こっちはそこまで知恵が回らなかったよ」

「瀬島、キャビネットからプリペイド式の携帯電話を四台出してくれないか」

岩城は利佳に命じた。

利佳がソファから立ち上がり、キャビネットに歩み寄った。取り出したプリペイド式携帯電話を三人のメンバーに手渡した。

岩城はポリスモードのディスプレイを見ながら、三人の部下に鎌をかける相手を四人ずつ指定した。自分も四人の懲戒免職者に揺さぶりをかけてみるつもりだ。

最年長の森岡はソファに坐ったままだった。佃が利佳と短い言葉を交わし、壁の際《きわ》まで歩《ほ》を運んだ。利佳は特殊メイク室の中に消えた。そこには、各種の制服と変装用の衣類が入っている。化粧品も揃えてあった。

岩城は少し歩いて、トレーニングルームに足を踏み入れた。

最初に電話をしたのは、四年前まで渋谷署生活安全課で働いていた小峰昇太《こみねしょうた》だった。現在、三十二歳だ。巡査長だった小峰は偽名を使って、高校の先輩とデリバリーヘルス嬢の派遣業を共同経営していた。

売春の斡旋《あっせん》をした廉《かど》で職を失ってしまった。不起訴になったのは、警視庁上層部が検察庁に頭を下げたのだろう。

小峰は茨城県の土浦《つちうら》市に住み、親族が経営する土木会社で働いているようだ。岩城はプリペイド式の携帯電話を使って、小峰のスマートフォンを鳴らした。スリーコールで、通話状態になった。

「おたく、誰?」

「小峰昇太だな?」

「おれの名前を呼び捨てにしやがって。てめえ、何者なんだっ」

「自慢にはならねえが、おれは強請《ゆすり》で喰ってる。そっちが殺人教唆容疑で逮捕《パク》られる前に口止め料をたっぷりくれりゃ、高飛びさせてやってもいいぜ」

「殺人教唆容疑だって⁉　おれが誰にどこのどいつを始末させたって言うんだよっ」

「およそ二年前の一月九日の夜、笹塚悠輝という若造に警視庁人事一課監察の工藤和馬係長を刺殺させた。衝動殺人に見せかけろと知恵を授《さず》けたんだろ、笹塚にさ。そっちは高校の先輩と一緒にデリヘル嬢に本番をやらせてたんで、渋谷署時代に工藤に監察されてた」

「そ、そんなことまで知ってるのか⁉」

　小峰が声を裏返らせた。

「工藤に目をつけられたんで、そっちは懲戒免職にされちまった。その腹いせに、笹塚を使って工藤をこの世から消した。おれは、その証拠を握ってるんだ。そっちのアリバイは、いつでも崩せるんだぞ。口止め料は五百万でいいよ。ただし、三日以内に用意しろ。おれの条件を拒《こば》んだら、そっちは確実に刑務所行きだぞ」

「笹塚なんて野郎は会ったこともない。はったりで銭をたかれるほど世の中、甘くないんだよ。半端野郎はくたばっちまえ！」

「ずいぶん強気じゃねえか。また連絡する」

　岩城は電話を切った。小峰は少しも狼狽しなかった。捜査本部事件には関与していないという心証を得た。

　次に電話をかけたのは、野方《のがた》署の交通課に勤務していた四十二歳の巡査部長だった。佐《さ》橋敬介《はしけいすけ》という名で、十数件の交通違反を揉み消してギャンブル資金を捻出《ねんしゅつ》していた。

現在、佐橋は引っ越し専門会社でドライバーをしているはずだ。岩城は佐橋の携帯電話に連絡した。少し待たされたが、佐橋が電話口に出た。

岩城はさきほどと同じ要領で、佐橋に鎌をかけた。しかし、佐橋はみじんもうろたえなかった。シロだろう。

三番目に電話をしたのは、杉並署の元地域課巡査だった。その内村雄大《うちむらゆうだい》は同僚警官たちの金を盗み、警察手帳をドブに投げ捨てた。社交性のない内村は、上司や同輩に疎《うと》まれていたようだ。

窃盗は仕返しのつもりだったのだろう。内村は郷里の群馬県館林《たてばやし》市で、家業の畜産を手伝っているらしい。

岩城は、電話で内村を揺さぶってみた。内村は、犯罪を暴いた工藤警部を恨むどころか、感謝している様子だった。演技をしているようには感じ取れなかった。

岩城は早々に通話を切り上げ、四人目の懲戒免職者に連絡した。二宮潤《にのみやじゅん》という名前で、いまは三十一歳だ。

練馬署刑事課勤務時代に駅やデパートのエスカレーターで十代の少女たちのスカートの中をスマートフォンのカメラで三十数件も盗撮し、気に入った相手につきまとっていた。

本庁人事一課に内部告発があり、工藤が部下の古屋主任とマークしていたようだ。

なぜか二宮のスマートフォンは電源が切られていた。勤め先のラーメン屋の従業員用のロッカーに入れられているのか。

岩城は繰り返し二宮に電話をしつづけた。だが、虚《むな》しかった。

トレーニングルームを出る。ソファに坐った森岡はハイライトを吹かしていた。

「四人の免職者に次々に鎌をかけてみたんだが、笹塚の名を出しても誰も焦《あせ》らなかったな」

「そうですか。おれが揺さぶりをかけた三人もシロでしょうね。四人目の二宮潤には電話が通じませんでした。電源が切られてたんですよ」

「そう」

「おまえのほうはどうだ？」

岩城は佃を見た。佃が首を横に振って、肩を大きく竦《すく》めた。

その数秒後、利佳が特殊メイク室から現われた。彼女も、不審感を抱く相手はいなかったという。

岩城は事務フロアに立ったまま、またもや二宮潤に電話をしてみた。依然として先方の電源は切られたままだ。プリペイド式の携帯電話を折り畳んで上着の左ポケットに滑り込ませたとき、懐で刑事用携帯電話が着信音をたてた。

岩城はポリスモードを摑み出し、ディスプレイに視線を落とした。神保参事官だった。

「数十分前に新宿署に出頭した男が笹塚に二百万円を渡して、工藤警部を刺し殺させたと供述したそうだ」

「おれたちのチームが動きだした翌日に出頭した奴がいたんですか。タイミングがよすぎる気がしますね。参事官、その男の素姓は？」

「懲戒免職になった男のひとりで、二宮潤だよ。供述が曖昧だという話だから、おそらく殺人教唆の身替り犯だろうな。綿引刑事部長と協議して、夕方までには二宮潤を釈放させることにした」

「そうなんですか」

「『シャドー』で二宮の背後関係をすぐに調べてほしいんだよ。うまくしたら、笹塚の真の雇い主がわかるかもしれないじゃないか」

「ええ。二班に分かれて、二宮潤をリレー尾行します。何か摑んだら、すぐ参事官に報告しましょう」

岩城は電話を切り、三人の部下に想定外の展開になったことを話しはじめた。

4

見通しはよかった。

岩城はスカイラインの運転席から、新宿署の通用口に目を向けていた。陽《ひ》が落ち、夕色が拡《ひろ》がりはじめていた。

助手席には森岡が坐っている。都内で最大の所轄署は青梅《おうめ》街道に面していた。所在地は西新宿六丁目だ。新宿大ガードから、それほど離れていない。すぐ近くには高層の野村ビルがそびえている。

佃・利佳班は、署の正面玄関付近にプリウスを駐めてあるはずだ。

二宮潤がどちらの出入口から姿を見せるかはわからない。チームは二手に分かれ、正面玄関と通用口の両方を見張ることにしたのである。

「二宮って盗撮野郎は、捜二の星野か組対五課の秋葉に頼まれて身替り出頭したんだろうか」

森岡が呟いた。

「そう疑えますが、まだわかりませんね。星野か秋葉のどちらかが殺人教唆で二宮潤を身替り犯に仕立てたんだとしたら、浅知恵ですよ。時間の問題で、捜査本部の連中に二宮は身替り犯だと看破されるはずですから。現に、そうなりました」

「ああ、そうだな。けど、多少の時間稼ぎにはなる。星野か秋葉のどっちかは、二宮が取り調べを受けてる間に逃亡する気なんじゃないのか。リーダー、それしか考えられないよ。参事官に星野と秋葉が登庁して、まだ本部庁舎にいるかどうか調べてもらったほうがいいと思うがな」

「ええ、そうですね」

岩城は上着の内ポケットから刑事用携帯電話を取り出し、神保参事官に連絡をした。森岡が提案したことを頼む。

神保からコールバックがあったのは、およそ五分後だった。

「わたし自身が警察電話《ケイデン》で確認したんだが、星野と秋葉は自席で送致書類に記入してたよ」

「そうですか。二宮が取り調べられてる間に高飛びするかもしれないという読みは外れてるんですかね」

「どちらかが高飛びする気なら、二宮が出頭して間を置かずに姿を消しそうだな」

「そうするでしょうね」

「まだ二宮は帰宅を許されてないのか。捜査本部に出張《でば》ってる担当管理官には午後六時前には二宮を泳がせろと捜査一課長に指示させたんだがな」

「六時まで少し間《ま》がありますす。そのうち二宮は署の建物から出てくるでしょう。参事官、お手間を取らせました。ありがとうございました」

岩城は電話を切った。すると、森岡がすぐに口を開いた。

「星野と秋葉はふだん通りに職務をこなしてるようだな」

「そうらしいんですよ」

「ということは、別に高飛びする時間を稼ぎたくて二宮潤を身替り出頭させたわけじゃないのか」

「そう考えてもいいでしょうね」

「星野か秋葉は監察係長の事件に自分はタッチしてないと印象づけたくて、二宮を新宿署に出頭させたのかな。そんなことをしても、たいした意味はないと思うけどね。捜査本部だけじゃなく、本家も二宮は身替り犯だと見抜くに決まってる」

「そうなんですが、数日は時間を稼げるでしょう。捜査本部と特命捜査対策室は二宮を泳がせて、交友関係を洗って身替り出頭を依頼した人間を割り出そうとするでしょうからね」

「なるほどな。なら、二、三日は時間を稼ぐことができるね。その間に高飛《ジャンプ》びする気なのかもしれないな」

「ええ、そうですね。なぜ、このタイミングで身替り犯を出頭させたのか。敵はおれたちのチームが極秘で捜査に乗り出したのを察知したんですかね。それが気になります」

岩城はポリスモードを懐に収めた。数秒後、着信音が小さく響いた。

手早くポリスモードを取り出す。発信者は佃だった。

「少し前に二宮が正面玄関から出てきて、新宿大ガードに向かって歩いてます。多分、働いてる一番街のラーメン屋に行く気なんでしょう」

「捜査本部の者が二宮を尾行してると思うんだが、どうだ？」

「本庁《うち》の殺人犯捜査八係と五係から捜査本部《チョウバ》に追加投入された二人が二宮を追尾してます。八係の巡査部長は溝口《みぞぐち》、五係の警部補は平賀《ひらが》という名前だったと思います」

「その二人に覚《さと》られないよう気を配りながら、二宮を追ってくれ。おれと森岡《モリ》さんは、二宮が働いてるラーメン屋に先に回ってるよ」

「わかりました」

「二宮が職場に向かわないようだったら、すぐ報告してくれ」

岩城は通話を切り上げ、スカイラインを発進させた。森岡に二宮が釈放されたことを教え、車を脇道から青梅街道に進める。

岩城は運転しながら、左手の舗道を幾度か短く眺めた。通行人が多く、二宮の姿は見えなかった。尾行人の捜査員たちも視界に入らない。

大ガード西《にし》と大ガード東《ひがし》を潜り抜ける。その先は靖国《やすくに》通りと呼ばれている。岩城はスカイラインを区役所通りまで走らせ、一番街の裏手に回り込んだ。

二宮がアルバイトとして働いている博多《はかた》ラーメン店『うまか亭《てい》』の歌舞伎町店は、ネオンがきらびやかに輝く一番街の脇道にある。

岩城はスカイラインを『うまか亭』の三、四十メートル手前の暗がりに停めた。すぐにライトを消し、エンジンも切る。

七、八分待つと、二宮が前方から歩いてきた。その後方には二人の尾行者が別々に歩《ほ》を進めている。溝口巡査部長と平賀警部補だ。

岩城は二人と顔見知りだった。迂闊《うかつ》に車を降りるわけにはいかない。

刑事たちが道端にたたずんだ。その向こうに『シャドー』のプリウスが見えた。路肩に寄せられていた。

「こっちは溝口と一、二回会ってるが、平賀とは面識がない。二宮とも会ったことないから、『うまか亭』に客として潜り込むよ。ひょっとしたら、二宮を身替り出頭させた奴と店内で接触することになってるのかもしれないからさ」

　森岡が言った。

「しかし、溝口刑事には面が割れてるんです。車から出るのは……」

「大丈夫だよ」

「ハンチングを目深《まぶか》に被《かぶ》って、ラーメン屋に素早く入るつもりですね?」

「そう」

「なら、溝口刑事に気づかれないと思います」

　岩城は言った。

　森岡がコートのポケットから折り畳んだ黒いハンチングを摑み出し、すぐに深く被った。目許のあたりは、ぼんやりとしか見えない。

　二宮が『うまか亭』の中に消えた。森岡が自然な動きでスカイラインの助手席を出て、博多ラーメン店に足を向けた。

　岩城は、佃のポリスモードを鳴らした。ツウコールで、電話が繋がった。

「森岡《モリ》さんが客になりすまして、『うまか亭』に潜り込んだ」

「捜査本部《チョウバ》の二人が二宮のバイト先を注視してますけど、平気ですかね? 森岡《モリ》さんはどちらにも面が割れてないのかな」

「溝口巡査部長とは面識があるそうだが、ハンチングを目深に被ってるからバレないだろう」

「そこまで無理をして、店の中に入る必要があったんですかね？」

「森岡《モリ》さんは、二宮が身替り出頭の依頼人と店内で接触するかもしれないと考えたんだよ」

「そんなことはあり得ないでしょ？」

「わからないぞ。犯罪者たちは、よく裏をかく。人のいない場所で接触するだろうという常識や思い込みとは逆の発想で、人間がたくさん集まる所で犯罪者が共犯《レツ》と落ち合うケースは案外多いもんだよ」

「組員同士は人目のない場所を選ぶ傾向がありますが、半グレや堅気の連中は反対に賑やかな所で会うのかもしれませんね」

「ベテランの森岡《モリ》さんは失敗《ドジ》は踏まないだろう」

「そうでしょうね」

「溝口刑事たち二人に『シャドー』の動きを勘づかれてはないだろうな？」

「瀬島が慎重にプリウスを走らせてくれたから、気づかれてはいないと思います」

「そうか。二人とも油断しないでくれ。捜査本部や本家の連中にこっちの動きを覚《さと》られると、やりにくくなるからな」

「そうですね。気を緩《ゆる》めないようにします」

佃が電話を切った。

岩城はポリスモードを所定のポケットに戻し、セブンスターに火を点けた。紫煙をくゆらせていると、脈絡もなく未穂の裸身が脳裏に浮かんだ。下腹部が熱を孕《はら》みそうになった。

岩城は頭を振って、近くのイルミネーションを意味もなく眺《なが》めた。ほどなく淫蕩《いんとう》な思いは萎《しぼ》んだ。ゆったりと煙草を喫《す》う。

森岡が『うまか亭』から出てきたのは、十五、六分後だった。

「二宮は店内で怪しい奴と接触しました？」

岩城は、助手席に坐った森岡に訊《たず》ねた。

「こっちの読みは外れてたよ。二宮が客とひそひそ話をすることはなかった」

「そうですか」

「博多ラーメンはうまいって評価だけど、こっちの口には適《あ》わなかったよ。こってりしすぎてるんだよ。ラーメンの汁がさ。おっと、そんなことはどうでもいいな。リーダー、二宮はカウンターの向こうで店長と言い争ってたよ」

「どんなことが理由で揉めてたんです？」

「二宮が急にバイトを辞めるって言い出したんで、店長が無責任すぎると詰《なじ》ったんだ。そうしたらさ、二宮は安い時給でいつまでも働けるかと言い返したんだよ。それで、二人は客が何人もいるのに……」

「口論してたんですね？」

「そうなんだ。同僚たちに諫《いさ》められたんで、二宮は店長に文句を言わなくなった。でも、怒った表情で従業員の控え室に引っ込んじゃった。すぐに店を辞める気になったんだろうな。いまに『うまか亭』から飛び出してくると思うよ」

「身替り出頭をして、少しまとまった金が懐に入ったんでしょうね。だから、地道に働く気がなくなったのかもしれないな」

「多分、そうだろう」

森岡が相槌《あいづち》を打った。

それから間もなく、二宮は『うまか亭』から出てきた。黒っぽいリュックサックを背負っていた。

店から三十五、六歳の男が走り出てきて、大声で二宮を咎《とが》めた。

「おい、そんな辞め方があるかよっ。閉店まで仕事をしないと、今月分のバイト代なんか払わないぞ」

「…………」

「二宮、待てったら！　元お巡りだからって、勝手なことをするな。ガキっぽい辞め方をしてもいいのかよ。おまえが急に抜けたら、ほかのスタッフに負担がかかるだろうが！」

「知るかっ」

二宮が捨て台詞《ぜりふ》を吐いて、少し先にあるパチンコ店に走り入った。二人の刑事が二宮を追って、パチンコ店の前の暗がりに身を潜めた。

「リーダー、あのパチンコ店は長方形で出入口が二つあったはずだよ。二宮は刑事の尾行に気づいて、一番街に出る気なのかもしれないな」

森岡が言った。

「籠《かご》抜けされる前に、佃たち二人を向こう側に行かせたほうがいいな」

「そうしたほうがいいね」

「ええ、そうします」

岩城は電話ですぐに佃に指示を与えた。

プリウスがバックし、歌舞伎町一番街に出た。

岩城はスカイラインを少し前進させ、脇道を見やすい位置に停止させた。二人の刑事は交互にパチンコ店の中を覗き込んでいる。

数分後、岩城に佃から電話があった。

「二宮がパチンコ店から出てきて、東宝ビルの方向に駆けはじめました。捜査本部《チョウバ》の捜査員の尾行を撒《ま》く気なんじゃありませんか、パチンコ店を籠抜けしたんですから」

「佃、車を降りて二宮を追ってくれ。瀬島はプリウスで追う。いいな？」

「了解！　いったん電話を切ります」

「二宮を見失うなよ」

岩城は電話を切り、急いでスカイラインを走らせはじめた。歌舞伎町一番街に出ると、前方にチームのプリウスが見えた。

利佳が運転する車は左折し、東亜会館と東宝ビルの間を抜けた。岩城はプリウスの後に従《つ》いていった。

プリウスの前方を二宮と佃が走っていると思われる。二宮は追っ手に気づいて、飲食店ビルの中に逃げ込む気でいるのかもしれない。どこか酒場に潜り込まれたら、容易には見つけ出せないだろう。

「佃は割に足が速いから、そのうち二宮に追いつくと思うよ」

森岡が確信ありげに言った。

「そうだといいですね。逃げてる二宮も必死で振り切ろうとしてるだろうから、すぐには追いつけないかもしれませんよ」

「佃はテイザー銃を携行してる。なかなか追いつけないようだったら、駆けながら……」

「人通りが多いから、テイザー銃を使うことは控えるでしょう。佃は追いながら、伸縮式の特殊警棒を二宮の下半身めがけて投げつけるかもしれません。二宮が特殊警棒に足を取られて前のめりに倒れることを期待しましょうか」

岩城は口を閉じ、運転に専念した。

プリウスは花道《はなみち》通りを突っ切り、大久保病院のある方向に走行している。道なりに進めば、職安《しょくあん》通りにぶつかるはずだ。

プリウスは、大久保病院の先にある大久保公園の横で路肩に寄った。岩城はアクセルを踏み込み、プリウスのすぐ後ろにスカイラインを停止させた。

そのとき、利佳がプリウスから降りた。

岩城はスカイラインの運転席を出て、後方を振り返った。二人の刑事は、どこにも見当たらない。まだ二宮が籠抜けしたことに気がついてないのか。そうだったら、好都合だ。

「佃さんは、そこの雑居ビルに逃げ込んだ二宮を追って中に入っていきました」

利佳が岩城に告げた。いつの間にか、岩城の横には森岡が立っていた。

「雑居ビルの外に非常階段はなさそうだな」

岩城は、利佳が指した八階建てのビルに目を向けた。

「ビルの中に階段があると思いますが、エレベーターホールで誰かひとりが待ち伏せして、ほかの二人は各階のフロアを別々に覗けば、佃さんと二宮のいる場所はわかると思います」

「そうだな。瀬島は一階にいてくれ。おれと森岡《モリ》さんが各階をチェックしてみる」

「わかりました」

利佳が短い返事をした。三人は雑居ビルに駆け込んだ。岩城は森岡とともに、エレベーターに乗り込んだ。

「おれは二階と四階をチェックして、六階に上がります」

「それじゃ、こっちは三階と五階をチェックしてから六階に上がるよ」

「そうしてください」

「合点だ」

森岡が顔を引き締めた。

函《ケージ》が二階で停まった。岩城はエレベーターホールに移った。さまざまな事務所が並んでいたが、どこも静まり返っている。

階段の昇降口も覗いてみたが、佃と二宮の姿はなかった。四階に早く上がりたいが、エレベーターはやって来ない。

岩城は、階段を駆け上がりはじめた。三階と四階の間にある踊り場に達したとき、懐でポリスモードが鳴った。

岩城は手早くポリスモードを掴み出した。発信者は佃だった。

「ようやく二宮を取っ捕まえました。いま、六階の昇降口にいます」

「すぐ行く」

岩城は六階まで階段を上がった。二宮は床に這わされていた。リュックサックを両腕で大事そうに抱え込んでいる。

「森岡《モリ》さんと瀬島を呼んでくれ」

岩城は佃に言って、二宮のそばに片膝を落とした。

二宮が顔を上げ、ちらりと岩城を見た。だが、何も言わなかった。

「もう察しがついてるだろうが、おれたちは二年一カ月前に発生した工藤和馬殺しの事件《ヤマ》を調べてる。そっちは誰に頼まれて、新宿署に身替り出頭したんだ？」

「筋の読み方が間違ってるな。おれは工藤に趣味の盗撮のことを知られたんで、懲戒免職になってしまった。正義の使者気取りの工藤が憎かったんで、歌舞伎町のネットカフェで知り合った笹塚に文化庖丁を渡して恨みのある警部を刺し殺してもらったんだ。二百万の成功報酬をやると言ったら、笹塚は二つ返事で殺しを請け負ってくれたよ」

「そうじゃないな。誰かに頼まれたんで、殺人教唆の身替り犯として出頭する気になったんだろうが！　リュックサックの中には、身替りになった相手から貰った謝礼が入ってるんだろう？　だから、『うまか亭』のバイトを辞めても当分喰っていけるわけだ」

「えっ」

「図星だったようだな。誰に頼まれたんだ」

岩城はテイザー銃を腰から引き抜いた。

「そ、そのテイザー銃で五万か六万ボルトの電流をおれの体に……」

「身替り出頭の依頼をしたのは誰なんだ？」

「それを言ったら、おれは殺《や》られてしまうことになるかもしれない。だから、自白《ウタ》うことはできない。できないよ」

二宮が叫んだ。岩城は黙ってテイザー銃の引き金を絞った。電線《ワイヤー》付きの砲弾型電極は二宮の背に埋まった。

二宮が奇妙な声をあげ、全身を強張《こわば》らせた。痙攣《けいれん》しながら、意識を失った。

利佳と森岡が六階に上がってきた。佃が二人に経緯を説明した。

二分ほど経過してから、岩城は二宮の背から電極を引き抜いた。テイザー銃を腰に戻し、二宮の側頭部と脇腹を連続して蹴り込む。スラックスの裾《すそ》がはためいた。

二宮が長く唸《うな》って、我に返った。

「お目覚めか。もう一度訊くぞ。誰に頼まれて身替り出頭した？」

「勘弁してくれよ」

「暴発に見せかけて一発撃ち込んでやろうか」

岩城は上着の裾を捲《めく》って、ショルダーホルスターに収まったグロック32の銃把《グリップ》を見せた。

「う、撃たないでくれよ。おれは本庁捜二の星野敏さんと組対五課の秋葉義明さんの二人に頼まれたんで、笹塚の雇い主の振りをしたんだ」

「二人に頼まれただと⁉」

「そうだよ。星野さんと秋葉さんはそれぞれ工藤警部に監察対象にされたんで共謀して、どこかで見つけた笹塚って奴に……」

「もう少し上手な嘘をつけよ」

「本当に二人に頼まれたんだ。おれは笹塚には会ったこともない」

「リュックの中には謝礼の札束だけじゃなく、身替り出頭をそっちに頼んだ奴のことがわかる手がかりが入ってそうだな」

「そんな物は何も入ってないよ」

二宮が言って、リュックサックを強く抱え込んだ。

岩城は力まかせにリュックサックを奪い取った。次の瞬間、二宮がタックルしてきた。

岩城は不意を衝《つ》かれ、よろけてしまった。

リュックサックが手から離れ、六階と五階の間にある踊り場に落下した。焦った二宮が這って降り口まで進んだ。立ち上がり損ねて、ステップの上を転げ落ちていった。

踊り場まで転落した二宮は微動だにしない。首の骨が折れたようで、妙な形に捩《ねじ》れている。岩城は踊り場まで一気に下《くだ》った。三人の部下が踊り場に駆け降りてきた。

岩城は屈《かが》み込み、二宮の右手首に触れた。温《ぬく》もりはあったが、脈動は熄《や》んでいた。

「こいつは捜査資料に持ち帰って、この場から消えよう」

岩城は二宮のリュックサックを摑み上げ、すぐに立ち上がった。

『シャドー』の四人はひと塊《かたまり》になって、五階に駆け降りた。エレベーターで一階に降り、岩城たちは二台の捜査車輛に分乗して雑居ビルから速やかに遠ざかった。

第三章　策謀の気配

1

空気が重い。

岩城たち四人は、アジトのソファに坐っていた。転落事故の現場から、日比谷の『エッジ』に戻ったばかりだった。

二宮を階段から突き落としたわけではない。間違いなく事故死だった。それでも、後味が悪い。自分が強引に二宮のリュックサックを引ったくらなかったら、転落死は避けられただろう。

岩城はコーヒーテーブルの上に置いたリュックサックを見ながら、無意識に長嘆息《ちょうたんそく》してしまった。すると、隣にいる利佳が岩城に言葉をかけてきた。

「二宮潤は雑居ビルの階段から転げ落ちて死んだわけですけど、リーダーにはなんの非もありませんよ」

「しかし……」

「リーダーにタックルした二宮は運悪く体のバランスを崩し、踊り場まで転落してしまったんです」

「おれがリュックサックを奪わなきゃ、二宮は死なずに済んだんだ。そう考えると、なんだか気が重くなってな」

「二宮は運が悪かったんですよ。悩むことはないでしょ？」

佃が話に加わった。かたわらに坐った森岡が無言でうなずいた。

メンバーの間に沈黙が落ちた。岩城は職安通りを右折してから、スカイラインを路肩に寄せた。神保参事官に二宮が転落するまでの経過を電話で伝えた。後の処理は神保に委ね、『シャドー』のアジトに戻ってきたのだ。

「リーダー、二宮のリュックサックの中身を検《しら》べてみようや」

森岡が促《うなが》した。

岩城は両手に布手袋《ぬのてぶくろ》を嵌めてから、リュックサックの口を開いた。ハンドタオルやTシャツの下に、札束入りの茶封筒が入っていた。プリペイド式の携帯電話も収まっている。

財布、運転免許証、スマートフォンなどは見当たらない。

岩城は中身をすべてコーヒーテーブルの上に並べ、万札の数を数えた。ちょうど百万円入っていた。身替り出頭の謝礼だろうか。

次に岩城はプリペイド式携帯電話のアドレスをチェックした。星野敏と秋葉義明の二人分しか登録されていない。発信と着信の履歴は削除されていた。

「茶封筒の中にはいくら入ってたんです？」

佃が訊いた。

「ちょうど百万だ。身替り出頭の謝礼として百万を依頼人に貰ったと考えてもいいだろうな」

「携帯のアドレスには、星野か秋葉の名があったんですか？」

「その二人しか登録されてなかったよ。発信と着信の記録は全件削除されてた」

「リーダー、二宮が供述したことは事実っぽいですね。星野と秋葉は工藤警部を逆恨みしてたんで共謀して、なんらかの方法で実行犯の笹塚とコンタクトを取り……」

「佃、じっくり考えろ。そんなふうに筋を読むこともできるが、何か作為を感じないか。え？」

「捜査の目を逸《そ》らそうとしてると感じてるんですね、リーダーは？」

「誤誘導の気配は感じるな。しかし、そう極《き》めつける根拠はない」

「ええ、そうですね」

「瀬島の意見を聞かせてくれ」

岩城は右横の利佳を見た。

「アルバイトで喰いつないでた二宮はかつかつの暮らしをしてたんでしょうから、百万円の貯《たくわ》えなんかなかったんじゃないかしら？　数十万程度の預金はあったでしょうけどね」

「話をつづけてくれ」

「リュックの中に入れて持ち歩いてた百万円は、リーダーが言ったように身替り出頭の謝礼なんだと思います」

「携帯のアドレスに星野と秋葉しか登録されてなかったことについては？」

「不自然ではありますね。でも、その二人とプリペイド式の携帯で連絡を取り合ってた可能性は否定できないような気がします。ふだん使ってるスマホを用《もち》いたら、すぐ二人との繋がりが警察関係者に知られちゃいますよね？」

「そうだな」

「だから、二宮はプリペイド式の携帯で星野や秋葉と連絡を取ってたんでしょう」

「瀬島も、佃と同じように二宮がおれに言ったことは嘘じゃないんではないかと思ってるわけだ？」

「そういうことになりますね」

「瀬島はミスリードに引っかかりかけてるんじゃないかな。捜査本部と本家の調べによると、二宮潤が星野や秋葉と接点があったとは記述されてなかったぞ」

森岡が斜め前の利佳に言った。

「ええ、そうですね」

「職員を含めれば、警視庁に属してる警察関係者は五万人近くいる。盗撮マニアの二宮は免職になる前に練馬署の刑事課にいたが、本庁勤務の経験はないんだ。ずっと所轄署にいた刑事が本庁の星野や秋葉と知り合うチャンスなんかなかっただろう。二人が捜一で殺人犯捜査に当たってたら、練馬署に設けられた捜査本部に出張《でば》るだろうけどな」

「職務で二宮が星野敏や秋葉義明と接触したことはなかったでしょうね。警視庁は報道関係者にすべての懲戒免職者のことを発表してるわけではありませんけど、警察内部の人間なら免職者のリストを入手できるはずです」

「ああ、そうだな。星野と秋葉がつるんで第三者に紹介された笹塚に工藤和馬を殺《や》らせたんだとしたら、懲戒免職者リストに載ってた二宮に接近して身替り出頭してくれないかと頼んだとも考えられるか」

「そうですよね？」

「でも、待てよ。工藤監察係長は星野と秋葉の犯罪を暴こうとして動いてたわけだが、まだ証拠を揃えて立件したということじゃないぞ」

「ええ、そうですね」

「それなのに、星野と秋葉が結託して工藤和馬を笹塚に始末させるかい？　仮にそうだったとしても、二宮に身替り出頭なんかさせるか。それこそ藪蛇《やぶへび》じゃないか」

「工藤警部は上司の担当管理官に星野と秋葉の犯罪の立件材料をまだ提示してませんでしたが、実はすでに揃ってたんではありませんか。それを星野と秋葉は察知してたんで、保身本能が働いて笹塚に……」

「瀬島、成長したな。そうだったとしたら、二宮がこのおれに言ったことはその場限りの嘘じゃなかったのかもしれない」

「二宮が事故死したことを知ったら、星野と秋葉は胸を撫《な》で下ろすでしょうね。でも、二人のことをとことん調べ上げれば、捜査本部事件の実行犯の笹塚を雇ったことが明らかになるんじゃないかしら？」

　利佳が言った。佃が同調する。

「瀬島と佃の推測通りなら、星野と秋葉はヤメ検の栗林誠吾弁護士と東都医大の真崎恭太郎教授の弱みを押さえて、犯行時の笹塚悠輝は心神喪失の状態にあったと虚偽の精神鑑定をさせたんだろうな」

森岡が呟いた。その語尾に佃の言葉が被さった。

「そうなんでしょうね。刑罰を免れた笹塚は八王子の精神科病院に強制入院させられました。だけど、半月後に庭で日光浴中に笹塚は何者かに射殺されてしまったんですよね」

「そうだな。笹塚にメンタル面で何も問題がなかったら、誰かに代理殺人だったと漏らす不安があるわけだ。だから、星野と秋葉は相談して、射撃のうまい殺し屋に笹塚を片づけさせたのか」

「その疑いは濃いと思います」

「星野と秋葉は強《したた》かな人間だから、正攻法じゃ罪を認めそうもないな」

「そうでしょうね」

「リーダー、星野と秋葉の犯罪の裏付《ウラ》けを取って強請屋の振りをしてさ、裏取引を持ちかけてみない？　星野と秋葉が共謀して笹塚に工藤和馬を殺害させた疑いは拭《ぬぐ》えないわけだから」

森岡が言った。

「星野と秋葉がつるんで、笹塚に工藤警部を葬らせたんだろうか」

「おれたち三人の筋の読み方には、どうも納得できないって口ぶりだな。リーダーはどう読んでるんだい？」

「誰かが転落死した二宮潤をうまく動かして、星野と秋葉に罪を被せようと細工を弄《ろう》したとは考えられませんかね。そいつは、星野と秋葉が怪しまれてるのを知ったのかもしれないな。だから、二宮を身替り出頭させたのは二人のうちのどちらかと思わせたくてミスリードの細工をしたんじゃないのか」

岩城は森岡の顔を正視した。

「だとしたら、星野と秋葉は工藤殺しには関与してないかもしれないってことだよな？」

「そこまで言い切れないんですが、星野と秋葉は何者かに陥《おとしい》れられそうになってるんじゃないかという気もしてきたんです」

「その根拠は？」

「残念ながら、根拠があるわけじゃありません。ただ、作為的な点があるんで、何かからくりがあるのではないかと思いはじめたわけですよ」

「そう。リーダーは敏腕だから、そうした職業的な勘は的外《まとはず》れじゃないのかもしれないな。でもさ、やっぱり星野と秋葉は怪しく思えるね。星野は、黒毛和牛のオーナー詐欺事件で捜二にマークされてた詐欺師の清水喬の犯罪の証拠隠しをした疑いを持たれてた」

「ええ、そうですね」

「秋葉は、複数の暴力団に捜査情報を流して金品を得てたようだ。女も提供してもらってたんだろうな。秋葉は三年半前に関西の極道に射殺された仁友会松宮組の若頭補佐だった日置の愛人の里中早希と親密になり、いまもパトロンめいたことをやってる」

「それは、ほぼ間違いないでしょうね」

「星野も秋葉も、工藤和馬に犯罪を立証されたら、一巻の終わりだ」

「そうですが、二人とも小悪党でしょ？」

「ま、そうだろうな」

「そんな小物が栗林弁護士や高名な精神科医の真崎教授の弱みを握って、笹塚を心神喪失者だと嘘の鑑定をさせますかね？」

「そう言われると、チンケな悪徳警官に栗林や真崎を脅迫するほどの度胸があるとは考えにくいな。二人とも大物だからね。たとえ女関係のスキャンダルを押さえられたとしても、どっちも脅迫には屈しないだろうな」

「そうだと思います」

「弁護士や精神科医が何かで逆上して、人を殺したなんてことはないだろう。でも、土砂降りの夜にうっかり車で誰かを轢《ひ》き殺して逃げてしまったとは考えられるんじゃないかね。たまたま目撃者がいなかったんで、つい逃げてしまった」

「森岡《モリ》さんの推測にケチをつけるわけではありませんが、星野か秋葉はどうやって轢き逃げ事件を知ったんです？」

「どっちかの知り合いの自宅か、事務所に轢き逃げ車輌が映ってたんじゃないのかな。だけど、そいつは事件に関わりたくなかったんで一一〇番通報しなかった。しかし、気が咎《とが》めたんで、後日、星野か秋葉に防犯カメラの映像を観《み》せた。で、弁護士と精神科医に実行犯の笹塚を心神喪失者に仕立てろと威《おど》したんじゃないのかね。何かで成功した人間は臆病みたいだし、保身本能も強いんだろう。こじつけっぽいか」

　森岡が自嘲的な笑みを浮かべた。

「話としては面白いですが、リアリティーはない気がします」

「ま、そうだろうな。リーダー、栗林と真崎の息子か娘が心ならずも致命的な違法行為をしちゃったのかもしれないぜ。女房よりも子供を大切にしてる父親は多いんじゃないのか。最愛の子女の行く末のことを考えると、二人とも脅迫に屈するほかなかった。そういうことなら、栗林と真崎は星野か秋葉の言いなりになるしかなかったんじゃないのかな」

「森岡《モリ》さんの筋読み通りだったとしたら、真崎教授は星野か秋葉が殺し屋《プロ》らしい奴に笹塚を射殺させたと疑ってたんでしょうね」

「だろうな。インチキな精神鑑定をした疚《やま》しさがあるんで、真崎恭太郎は沈黙を守り通してきた。おそらく弁護士の栗林は古巣の不正を裏取引の材料にして、検察側に笹塚の再精神鑑定を断念させたんだろう。そういう後ろめたさがあるから、強制入院中の笹塚が消されたことを捜査関係者には喋ろうとしなかったんじゃないか。そう筋を読めば、ちゃんとストーリーは繋がるんじゃないのか」

「そうなんですが、おれはなんかすっきりしないんですよね」

「リーダー、やっぱり星野と秋葉は怪しいですよ」

佃が言った。

「三人のメンバーがそう推測してるんなら、星野と秋葉の悪事の証拠を固めるか」

「そうしましょう。そして、二人に裏取引を持ちかける真似をし、事件の真相を暴いてやりましょうよ」

「そうするか」

岩城は応じて、腕を組んだ。

そのとき、『エッジ』に神保参事官が入ってきた。『シャドー』の四人は、相前後してソファから立ち上がった。

「みんな、楽にしてくれないか。所轄署の署員と本庁《うち》の機動捜査隊の連中が例の雑居ビルに臨場して現場検証を済ませた。その結果、他殺の疑いはないと断定されたんだよ。きみらメンバーに捜査の手が迫ることはない。岩城君、安心してくれ」

「はい。参事官には余計なことをさせてしまいました。申し訳ありませんでした」

「どうってことはないよ。コーヒーテーブルの上にあるのが、死んだ二宮のリュックサックの中身だね？」

「そうです」

「岩城君、卓上の物をリュックサックの中に戻してくれ。中身をすぐに鑑識に回す」

「参事官は、そのためにわざわざチームのアジトに来てくださったんですか」

「うん、まあね。二宮に身替り出頭させた者の指掌紋が所持品に付着してたら、捜査が進展するだろうからな」

神保が言って、利佳のかたわらのソファに腰かけた。

「いま、コーヒーを淹れます」

「瀬島君、気を遣わないでいいんだ」

「は、はい」

「実は、少し前にメンバー全員がこれまでの捜査を踏まえながら、筋を読み合ったんですよ」

岩城はコーヒーテーブルの上の物品をリュックサックに詰めながら、神保に詳しく話しはじめた。

「大筋は正しい気がするね。岩城君が言ったようにミスリードの気配がうかがえなくもないが、捜査二課の星野と組対五課の秋葉の不正の立件材料を集めることは無駄じゃないだろう。星野と秋葉は、やはり疑わしいね」

「参事官も、そう思われますか」

「そうだね。自分たちが懲戒免職にされるのはなんとしてでも避けたいだろうが、裏取引にやすやすと乗ってくるかどうかかな。読み通りなら、殺人教唆の罪のほうが口止め料や情報料を貰ってた背徳行為よりも何倍も罪深いことだからね」

「ええ」

「海千山千《うみせんやません》の二人を追い込むのは大変だろうが、星野と秋葉を少々痛めつけてでも……」

神保参事官が意味深長な笑みを拡《ひろ》げ、二宮のリュックサックを抱えて椅子から腰を上げた。メンバーの四人は立ち上がって、神保を見送った。

岩城たちは偽電話で、星野と秋葉の所在を確かめた。星野はまだ職場にいたが、秋葉は退庁してしまった。だが、まだ帰宅していなかった。

「おれは瀬島と一緒に鳥居坂に向かう。おまえは森岡《モリ》さんと本部庁舎の通用口の近くに張り込んで、星野敏を尾行してくれ」

岩城は佃の肩を叩いた。

2

エレベーターが停まった。

六階だ。『鳥居坂エルコート』である。

岩城は函《ケージ》から出た。エレベーターホールにも歩廊にも人の姿はなかった。岩城は爪先《つまさき》に重心を掛けながら、六〇六号室に接近した。里中早希の自宅だ。

パトロンの秋葉義明は、愛人宅にいるのだろうか。それを確かめる必要がある。部下の利佳はプリウスの中で待機中だ。

岩城は周《まわ》りをうかがってから、六〇六号室の象牙色のドアに片方の耳を密着させた。神経を耳に集める。

かすかに男女の話し声が洩れてくる。女は部屋の主だ。岩城は二人の遣《や》り取《と》りに耳を傾けた。会話の内容で、男は秋葉であることがわかった。

暴力団係刑事は何か食べながら、愛人に一緒に入浴しようと誘っていた。早希は拒《こば》まなかった。二人は浴室で戯《たわむ》れてから、寝室で肌を求め合う気なのだろう。

岩城は一瞬、部屋に侵入して風呂場に躍《おど》り込もうかと考えた。だが、秋葉が暴力団に捜査情報を流していたことを素直に吐くとは思えない。裏社会の人間と接触する現場を押さえなければ、秋葉は観念しないだろう。

岩城は六〇六号室から静かに離れ、エレベーターで一階に下《くだ》った。マンションの外に出ると、寒風に晒《さら》された。猛烈に寒い。

岩城は身震いしながら、プリウスに走り寄った。助手席に乗り込む。車内は暖かかった。

「秋葉義明は愛人の部屋にいました？」

運転席の利佳が問いかけてきた。

「ああ、いたよ。秋葉は早希に一緒に風呂に入ろうと誘ってた」

「ということは、その後《あと》、ベッドインするつもりなんでしょうね」

「そうなんだろう。ひょっとしたら、じゃれ合ってるうちに二人はその気になって、浴室で……」

「わたし、秋葉が暴力団関係者を愛人宅に呼んで家宅捜索の予定日時を教えてると思ってたんですよ。ちょくちょく組事務所を訪ねてたら、不適切な関係にあることがバレちゃうでしょ？」

「そうだが、愛人の部屋にヤー公たちを呼んだりしたら、秋葉はわざわざ自分の弱みを教えたことになるじゃないか。夫婦仲はしっくりいってないようだが、秋葉は妻帯者なんだ」

「わたし、読みが浅かったですね。秋葉は、捜査情報を人目のない場所で組員たちに流してるんでしょうか。電話は警察に盗聴されやすいですし、メールも安全とは言えません」

「情報は警察にマークされてない人間に預けられてるんだろう。あるいは、コインロッカーや私書箱に暗号メモを入れてるのかもしれないな。どっちにしても、秋葉が直《じか》にヤー公と接触することは少ないはずだ」

「そうでしょうね。人事一課監察係《ヒトイチ》にマークされてたんですから、秋葉が無防備に行動するわけありませんか」

「ああ、おそらくな」

「だから、殺された工藤警部は証拠集めに手間取ってたんでしょうね」

「そうなんだと思うよ」

「工藤警部は星野と秋葉の犯罪の立件材料をほぼ揃えてたようですけど、なぜ上司の利根川管理官に証拠の一部でも見せなかったんでしょうか。わたし、そのことを不思議に思ってたんですよ」

「多分、工藤和馬は慎重な性格だったんだろう。完璧な裏付《ウラ》けを取らなきゃ、場合によっては監察対象者の名誉を傷つけることになる。そうした事態になることは回避したいと考えてたんじゃないのかな」

「そうなんでしょうか」

「あるいは、上司に集めた証拠を握り潰されることを懸念してたのかもしれないな。監察の仕事に携わってる者は悪事に手を染めてる警察官や職員を摘発すれば、手柄になるわけだ。しかし、瀬島も知ってるように何十年も前から毎年五、六十人が懲戒免職になってる」

「ええ、嘆かわしいことですよね。とっても恥ずかしいわ。警察のイメージダウンになります」

「もう警察の威信《いしん》は保《たも》てなくなってる。全国の警察が組織ぐるみで裏金づくりに励んでたことをマスコミや市民団体に叩かれたのはだいぶ前だが、あの件ですっかり国民の信用を失ってしまった」

「大先輩たちがもっともらしい名目で血税をくすねてプールし、偉い人たちの餞別《せんべつ》に充《あ》てたりしてたんですから、ひどい話ですよ」

「しかし、そういう不正が行なわれてたのは昔の話でしょ？　わたし自身は架空の領収証を作成しろなんて指示は一度も受けてませんから」

「おれもだよ。しかし、悪《あ》しき習慣や体質を改善することはたやすくない。いまも密《ひそ》かに裏金づくりを続行してる部や課があるんじゃないかな。本庁《うち》だけじゃなく、所轄署もさ」

「そうだとしたら、警察は犯罪集団と非難されても仕方ありませんね」

「ああ、そうだな」

　岩城はいったん言葉を切って、言い継《つ》いだ。

「話を脱線させてしまったが、懲戒免職者がいっこうに減らないことに頭を抱えてる上層部の人間が監察の摘発件数を意図的《いとてき》に減少させたいと考えてたとしたら……」

「首席監察官や二人の管理官に監察対象者の不正や犯罪に目をつぶってやれと耳打ちするかもしれませんね」

「そんなことはあってはならないんだが、警察は軍隊と同じ上意下達《じょういかたつ》の社会だ」

「ええ、そうですね。工藤警部は上司の利根川管理官に星野や秋葉の不正をうやむやにされることを恐れて、あらかた揃った立件材料を見せなかったんでしょうか」

「利根川管理官をむやみに疑いたくないが、準キャリだから、キャリアたちよりも出世が
「まったくな」

遅い。四十二歳だが、まだ管理官だ。二つ年上の保科首席監察官は三十六、七歳で、いまのポストに就いたんじゃなかったかな」

「保科さんはキャリアですから、準キャリよりも出世が早いんでしょう。地方の国立大出身で準キャリの利根川管理官がキャリアと同じスピードで偉くなりたいと考えてたら、上層部の指示に従って摘発件数を故意に少なくするかもしれないですね」

「そうする疑いはあるだろうな。しかし、管理官が準キャリだからという理由だけで怪しむのはよくない」

「ええ、そう思います。わたし、反省してます。工藤警部が警戒してたのは担当管理官じゃなくて、保科首席監察官か人見人事一課長だったのかもしれませんからね。あっ、いけない。なんの根拠もないのに、二人を疑うようなことを言ってしまいました」

利佳が自分の額を軽く叩いた。

岩城は微苦笑した。あえて口にはしなかったが、自分も軽はずみな推測をしたことを心の中で悔やんでいた。刑事はなんでも疑う習性があるが、もう少し慎重になるべきだろう。

会話が中断したとき、岩城の上着の内ポケットで刑事用携帯電話《ポリスモード》が着信音を発した。急いでポリスモードを摑み出す。発信者は神保だった。

「二宮のリュックの中身には、星野と秋葉の指掌紋はまったく付着してなかったそうだよ。指紋データベースに登録されてる指紋《モン》も検出されなかったという報告だったね」

「そうですか。二宮が所持してたプリペイド式携帯電話のアドレスに星野と秋葉の名が登録されてましたが……」

「特命捜査対策室の者に電話会社の通話履歴を調べてもらったんだが、発信と着信はどちらもゼロだったらしいよ。二宮を身替り出頭させた人間が星野と秋葉に罪をなすりつけようと小細工したんじゃないのかね。だとしたら、きみの筋の読み方は正しかったんだろうな」

「まだわかりませんよ」

「星野と秋葉を陥れようと企んだ奴がいそうだが、まだ見当はつかないんだね？」

「ええ」

「星野と秋葉の犯罪の証拠を押さえれば、何か進展があるだろう。ところで、きみはどっちの動きも探ってるのかな？」

「秋葉のほうです。瀬島と一緒に秋葉が面倒を見てる里中早希の自宅マンションの近くで張り込み中なんですよ。秋葉が愛人宅にいることは確認しました」

「そうか。愛人宅を出てから、秋葉がどこかで暴力団の幹部と落ち合って捜査情報を流すようだったら、追い込むきっかけになるな。しかし、そう都合よく事は運ばないだろうね」

「そうだと思います」

「森岡・佃班は、捜二の星野敏の動きを探ってるんだな？」

「ええ、そうです。もう星野は職場を出たと思うんですが、まだ何も報告はありません。そのうち連絡があるでしょうがね」

「だろうな。まだ寒いから張り込みは辛いだろうが、頑張ってくれないか」

「はい。では、失礼します」

岩城は電話を切り、利佳に通話内容を話した。

「二宮はプリペイド式の携帯の住所録に星野と秋葉のナンバーを登録してたけど、二人とも通話記録はなかったんですか。リーダーが推測したように、二宮を身替り出頭させた謎の人物が笹塚を雇ったのは星野と秋葉と思わせる目的で細工をしたんですかね」

「そう考えられるが、謎の人物はまだ透けてこない」

「どこかに潜伏してる清水喬が星野と縁を切る気になって、まず笹塚に工藤警部を片づけさせたとは考えられませんか？」

利佳が言った。

「清水は殺人教唆の罪を星野になすりつけようと策を弄したという筋読みだな？」

「はい。星野は捕まっても、工藤警部の事件には関与してないと言い張るはずです」

「だろうな。星野は、清水の投資詐欺の証拠隠しも否認するにちがいない」

「でしょうね。そうなれば、清水は逮捕されなくても済むわけです。工藤警部は清水の詐欺の立件材料を上司に渡してないんですから、裁判所に逮捕状は請求できませんよね？」

「そうだが、なぜ清水は秋葉にまで濡衣を着せなければならないんだろうか」

岩城は素朴な疑問を持った。

「わたしの想像なんですけど、秋葉は動物的な勘で星野が清水の犯罪を揉み消そうとしてることを嗅ぎつけたんじゃありませんかね。そして、清水を強請《ゆす》ってたんじゃないのかしら？　口止め料を一度払ったのに、またお金をせびられたんでしょう。だから、清水は秋葉にも殺人教唆の罪を被せる気になったのかもしれませんよ。リーダー、どう思います？」

「その筋読みには、だいぶ飛躍があるな。清水は投資詐欺で巨額を得たはずだ。秋葉が何回か口止め料を要求してたとしても、殺人教唆の罪まで被せようとはしないんじゃないのか」

「そうですかね」

「清水には前科歴があるんだ。ダブルの罪名で起訴されたら、服役年数が長くなることはわかってる。そこまで考えながら、犯罪を重ねてきたにちがいない。リスキーなことはなるべく避けたいと願ってるにちがいない」

「そうかもしれませんね。わたしは、まだまだ未熟だな」

「自信を失うことはないよ。瀬島は決して筋は悪くない。場数《ばかず》を踏めば、いい刑事になるだろう」

岩城は言った。お世辞ではなかった。本当にそう思っている。

十数分が過ぎたころ、森岡が岩城に電話をしてきた。

「星野は経堂《きょうどう》にある自宅に戻ってから、外出する様子はないな。誰かが訪ねてもこなかったよ」

「そうですか」

「星野が清水の潜伏先を知ってたとしても、今夜、そこに向かうとは思えないね。リーダー、こっちと佃は沼袋《ぬまぶくろ》にある二宮のアパートに行ったほうがいいと思うんだ。二宮は事故死と断定されたんなら、所轄署や本庁《うち》の機捜《きそう》の連中がアパートの部屋を検《しら》べに行くことはないだろう」

「ええ、それはないでしょうね」

「二宮の部屋に忍び込んで、佃と一緒に何か手がかりになる物があるかどうかチェックしてみるよ」

「そうしてもらいましょうか」

「わかった。そちらにも特に動きはないようだが、秋葉は愛人宅にいるのかな？」

「それは確認しました。二人で一緒に風呂に入ってベッドで睦《むつ》み合う気みたいですね」

「そう。参事官は二宮のリュックを持ち帰ったが、まだ鑑識の結果は出てないのかい？」

「さっき神保さんから電話がありました。プリペイド式の携帯に星野と秋葉の連絡先が登録されてましたが、二宮はどちらにも電話をしてないらしいんですよ。二人からの着信履歴もなかったそうです」

岩城は、参事官から聞いた話を森岡に伝えた。

「茶封筒か万札に星野か秋葉の指紋《モン》は？」

「どちらの指掌紋も検出されなかったという話でした」

「ということは、二宮に身替り出頭させた奴が星野と秋葉に殺人教唆の罪を被せようと企んだと考えてもいいな。リーダーは、そう筋を読んでたんだろう？」

「そういう推測もできるだろうと……」

「たいしたもんだ。さすがリーダーだな」

「森岡《モリ》さん、おれの筋の読み方が正しかったのかどうかはまだわかりませんよ」

「謙虚だね。そっちの読み通りだと思うよ。ただ、星野や秋葉に殺人教唆の罪を被せようと画策した奴が見えてこないな」

「そうなんですよ」

「二宮のアパートに、雇い主と結びつく物品があるといいな」

森岡が電話を切った。

岩城はポリスモードを懐に突っ込んだ。そのすぐ後、利佳が切迫《せっぱく》した声をあげた。

「リーダー、顔を伏せてください」

「どうした？」

「前から利根川管理官と古屋主任がやってきます」

「なんだって⁉」

岩城は反射的にうつむき、上目遣《づか》いにフロントガラスの向こうを見た。工藤警部の上司と部下が肩を並べて歩いてくる。

じきに二人は『鳥居坂エルコート』のアプローチをたどりはじめた。集合郵便受けを覗き、エントランスロビーに足を踏み入れた。

しかし、利根川も古屋もエレベーターには乗り込まなかった。二人は表に出てくると、

「二人は、秋葉が愛人宅にいることを知ってるようですね」

　利佳が小声で言った。

「そうなんだろう。監察係は、秋葉に任意同行《ニンドウ》を求めて事情聴取する気になったのか。いや、そうじゃないな。そうだったら、里中早希の部屋のインターフォンを鳴らすだろう」

「ええ、そうするでしょうね。利根川管理官と古屋主任は植え込みに隠れていて、秋葉が帰るときに見送りの早希と交わす会話を盗み聴きするつもりなんじゃないですか」

「そうなのかもしれないな。この位置だと、マンションの表玄関まで見通せない。瀬島、車を二、三メートル前に出してくれ」

　岩城は部下に命じた。

　利佳がプリウスを前進させ、すぐにブレーキを踏んだ。見通しが利くようになった。

「寒くなるが、エンジンを切ったほうがいいだろう」

　岩城は言った。利佳が短い返事をして、指示に従った。

　車内は、じきに冷えはじめた。岩城たちは寒さに耐えながら、『鳥居坂エルコート』の出入口に目を注《そそ》ぎつづけた。二人とも、なるべく動かないようにした。利根川か古屋に不審がられたら、張り込みを中断せざるを得なくなる。

時間が虚《むな》しく流れ、午前零時が迫った。

秋葉は愛人の部屋に泊まる気なのか。利根川と古屋が植え込みから現われ、アプローチを歩きはじめた。外で夜通し張り込んでいたら、凍死しかねない。

利根川たち二人が表通りに向かった。どちらも背を丸めている。

「凍えそうだわ」

利佳がエンジンを始動させ、エアコンの設定温度を高めた。

「午前一時まで粘っても秋葉が外に出てこなかったら、張り込みを打ち切ろう。早希の部屋に泊まる気なら、外で誰かと接触することはないだろうからな」

「そうですね」

「表通りにコンビニがあったな。缶コーヒーでも買ってくる。すぐに戻ってくるよ」

岩城は車を降り、勢いよく走りはじめた。

3

くしゃみが出た。

岩城は慌《あわ》てて口許にハンカチを当てた。咳《せ》き込みそうになったからだ。前夜、『鳥居坂エルコート』の近くにあるコンビニエンスストアまで走り、缶コーヒーを買いに行ったせいで風邪をひきかけているのか。

「リーダー、大丈夫ですか」

運転席の佃が心配顔を向けてきた。スカイラインの中だ。車は、警視庁本部庁舎の通用口から数十メートル離れた路上に停車中だった。

地下鉄桜田門駅の向こう側には、プリウスが見える。運転席には利佳、助手席には森岡が坐っていた。

「大丈夫だよ。鼻毛が伸びすぎたんで、むずむずしてたんだ」

岩城は冗談を返した。リーダーの自分が部下たちに気を遣《つか》わせるわけにはいかない。事実、よほどの高熱を出さない限り任務を遂行してきた。

「まだ夜間の冷え込みはきついですからね。風邪をひかないよう気をつけましょう」

「そうだな」

「昨夜《ゆうべ》は収穫なしでしたね」

「ああ、そうだったな。おれと瀬島は午前一時まで粘ってみたんだが、結局、秋葉は早希の部屋から出てこなかった。明け方に家《ヤサ》に帰って、着替えて登庁したんだろう」

「そうでしょうね。自分と森岡《モリ》さんは二宮の自宅アパートに忍び込んで、部屋の中を検《しら》べてみたんですけど、残念ながら……」

「二宮に身替り出頭を頼んだ奴の割り出しの手がかりになるものはなかったということだったな」

「ええ。押入れの天井板を剝《は》がしたり、トイレの貯水タンクの中まで覗き込んでみたんですけどね」

「家具や調度品の裏までチェックしてみたんだろう?」

「もちろんです。靴の中まで指を突っ込んで、冷蔵庫の中まで覗きました。ですが、手がかりになるような物は見つかりませんでした」

「小銭はあったが、万札は一枚もなかったという話だったな?」

「そうです。身替り出頭の謝礼が百万というのは安すぎませんか? 二宮はもっと多く金を貰って、持ち歩いてたのは百万だけだったんじゃないんですかね」

「ちょっと安い気もするが、捜査本部はすぐに身替り出頭と見抜いて二宮をその日のうちに帰宅させたんだ。謝礼は百万だけだったんじゃないか」

「そうだったのかな」

「ラーメン屋のバイトを辞めても倹《つま》しく暮らせば、四カ月は暮らせるだろう。その間に、二宮は次の仕事を見つける気でいたんじゃないのかね。しかし、転落死してしまった」

「盗撮魔になってなければ、刑事でいられたのにな。ばかな奴だ。自業自得ですけどね」

「そうだな」

「組対の連中もたいがい午前中はデスクで書類作成してるんですけど、もう午後二時過ぎです。秋葉、きょうは外に出ないのかな」

佃が呟いた。

「それはわからないが、辛抱強く待つほかないだろうな。森岡《モリ》さんと瀬島も捜二の星野がなかなか通用口から出てこないで、焦《じ》れはじめてると思うよ。しかし、対象者《マルタイ》が動きだすのをじっと待つほかない」

「そうですね。あっ、大事なことを言い忘れてました。経堂の星野の自宅の車庫にはグレイのレクサスが駐めてあったんですよ。まだ新しかったな」

「安いのでも四百万以下では買えないだろう」

「諸費用を含めたら、五百万ぐらいは必要でしょうね。ローンで買ったとしても、警察官には高い買物です」

「そうだな」

「断定的なことは言えませんけど、星野が清水喬の投資詐欺の証拠隠しをして、まとまった金を貰った疑いは濃いでしょうね」

「仮に星野が清水から数千万円の金を貰ってたとしたら、詐欺師が捕まることを恐れるはずだ。そうなったら、星野も破滅だからな」

「ええ。だから、星野は清水の逃亡を手助けしたと思われます。清水の潜伏先は知ってるにちがいありませんよ。星野は清水を国外逃亡させる気なのかな」

「ああ、考えられるね。どこかに隠れてると思われる清水自身が密航組織とコンタクトを取ったら、警察に潜伏先を突きとめられるかもしれないからな」

「ええ、そうですね。でも、現職刑事の星野が怪しげな人物と接触しても情報集めと見過ごされやすいと思います」

「だろうな。おそらく星野は、そのうち尻尾を出すさ。そうなれば、チームの捜査は進む。秋葉だって、ボロを出すだろう。だから、粘ってみようや」

岩城は言って、セブンスターに火を点けた。釣られる形で、佃がメビウスに火を点けた。彼は一日に十本程度しか煙草を喫わない。

といっても、別に健康に留意している様子はなかった。あまり煙草が好きではないのだろう。手持ち無沙汰になると、つい紫煙をくゆらせてしまうのではないか。

二人が相前後して煙草の火を消して間もなく、森岡から岩城に電話がかかってきた。

「リーダー、星野は警戒して尻尾を掴まれないようにしてるんじゃないだろうか」

「そうなのかもしれませんね」

「捜査資料によると、黒毛和牛のオーナー詐欺の出資金集めの実務を取り仕切ってたのは清水の片腕の赤堀暢宏《あかぼりのぶひろ》、五十七歳なんだよな」

「その赤堀も、工藤警部が動きはじめてから姿をくらましたはずですよ」

「資料には、そう綴《つづ》られてたね。赤堀がボスの清水と同じ所に潜伏してると思うかい？」

「多分、別々に隠れてるんでしょう。ボスと参謀が一緒に検挙《アゲ》られたら、投資詐欺で得た巨額の資金を存分に遣えなくなりますからね。どっちかが逮捕《パク》られたら、片方が隠し金を保管して相棒が出所するのを待つという約束になってるんじゃないのかな」

岩城は言った。

「こっちも、そう睨んだんだ。赤堀の隠れ家をなんとか突きとめ、星野が詐欺の証拠隠しをしたかどうか吐かせてみる手もあるんじゃないの？　もちろん、工藤殺しに星野、清水、秋葉が関与してるかどうかも聞き出す。星野が尻尾を出すのをひたすら待つより、赤堀の潜伏先を突きとめたほうが早いんじゃないのかね」

「森岡《モリ》さんの提案を却下するわけじゃありませんが、いまはまだ作戦を変えないほうがいいでしょう。赤堀は投資詐欺集団のナンバー2です。仮に清水が星野と共謀して笹塚に工藤を殺《や》らせたんだとしても、そのことを参謀には打ち明けないと思いますよ。ボスの致命的な弱みを知った赤堀が詐欺で集めた巨額を独り占めにする気になるかもしれないでしょう？」

「あっ、そうだな。清水が星野とつるんで工藤を笹塚に始末させたんだとしても、ナンバー2の赤堀に教えるわけないか。詐欺を働いてきた二人が心から信頼し合ってるとは考えにくいからな」

「ええ、そう思います」

「こっちの読みは浅かったな。首尾よく赤堀の潜伏先を突きとめることができても、捜査本部事件の真相に迫るのは無理だろうね。リーダー、つまらない提案をして悪かったな」

「森岡《モリ》さん、気にしないでください。星野敏がいつまでも尻尾を出さないようだったら、赤堀の隠れ家を突きとめましょう。赤堀から何かヒントを得られるかもしれませんからね」

「リーダー、部下にそこまで気を遣う必要はないよ。こっちのほうが年上だが、そっちが上司なんだ。自分の方針は貫《つらぬ》くべきだね」

「わかってますよ。おれは別に森岡《モリ》さんを傷つけないよう配慮したわけじゃないんです。赤堀からも何か手がかりは得られそうな気がしたんで、星野がボロを出さないようだったら、作戦を変更しようと……」

「そうだったのか。瀬島とこっちは、予定通りに星野の動きを探るよ。リーダーと佃は、秋葉をマークしてほしいな。何か星野に動きがあったら、ちゃんと報告するよ」

森岡が先に電話を切った。

岩城はポリスモードを懐に戻し、佃に森岡との遣り取りを手短に話した。

「ベテランの森岡《モリ》さんが焦《じ》れるなんて珍しいな。息子か娘が体調を崩して、寝込んでるんじゃないんですかね。それで子供のことが気がかりなんで、捜査を少しでも進展させて早く家に帰りたいのかもしれないな」

「そうなんだろうか。森岡《モリ》さんに電話で訊いてみるよ」

「森岡《モリ》さんはリーダーに心配をかけることをいつも厭《いや》がってるから、たとえ子供が高熱を出しても黙ってるでしょうね。昔気質だから、職務をどうしても優先させちゃうんでしょう。二十代の刑事は自分の時間を大事にしてるんで、決して無理はしませんけど」

「そういう傾向はあるな」

「自分が森岡《モリ》さんにそれとなく訊いてみますよ」

佃が上着の内ポケットから、手早く刑事用携帯電話《ポリスモード》を取り出した。

通話時間は短かった。

「二人の子供は元気だと言ってました。観《み》たいと思ってたテレビのドキュメンタリー番組の録画予約をしなかったんで、できれば早めに家に帰りたかっただけだと森岡《モリ》さんは言ってましたが、それは嘘でしょうね」

「ああ、とっさに思いついた嘘だろうな。本当に録画の予約を忘れたんだったら、息子か娘に連絡して代わりにセットしてもらえばいいわけだから」

「そうですよね。どっちかの子がインフルエンザにでも罹《かか》って、高熱に苦しめられてるんだと思いますよ」

「考えられるな」

「リーダー、森岡《モリ》さんを家に帰してやりましょうよ。自分が瀬島とペアを組んで、星野を尾行します。リーダーひとりで、秋葉の動きを探ってもらうことになりますけど」

「森岡《モリ》さんが素直に早退《はやび》けするとは思えないな。様子を見て、森岡・瀬島班の任務を早めに解くつもりだ。そのほうがいいだろう」

岩城は口を結んだ。

「きのうの夜、監察の利根川管理官と古屋主任が『鳥居坂エルコート』のアプローチの横の植え込みの中に身を潜めてたって話でしたよね」

「ああ」

「二人は弔《とむら》い捜査をする気になって、工藤警部がマークしてた秋葉義明の犯罪の証拠を押さえる気になったんでしょうかね。それとも上層部の指示で秋葉の不正の事実を握ってから、自主的に依願退職しろと迫るつもりなんでしょうか」

「前者だと思いたいね。しかし、そうじゃないかもしれないな。上層部は毎年五、六十人の不心得者が懲戒免職になってることを憂慮してるにちがいない」

「そうでしょうね。それによって、ただでさえよくない警察のイメージがさらに悪くなりますから」

「そうだな。威信をなんとか保ちたいんで、監察対象になった者たちの犯罪の事実をちらつかせて、上層部の誰かが依願退職に追い込む気なのかもしれない」

「懲戒免職じゃなければ、退職金も共済年金も受給できます。裏取引に応じる悪徳警官は多いでしょうね」

「そうだろうな。そういう間違った温情主義が警察社会に長いことはびこってたから、腐敗してしまったんだよ」

「自分も、そう思ってます。だいたい五百数十人の警察官僚《キャリア》が約二十七万人の巨大な組織を支配すること自体が前近代的ですよね。学校秀才が多いキャリアたちは、行政官としては優秀なんでしょう」

「それは否定しないが、有資格者たちはろくに現場捜査には携わってない。だから、平気でわけのわからないことを命じる。人事についても、適材適所を念頭にも入れてない感じだ」

「ええ、そうですね。綿引刑事部長や神保参事官は現場で苦労してるノンキャリアたちの地道な努力に敬意を払ってくれてますが、そういうキャリアは百人もいないんじゃないんですか。だから、ピラミッド型の組織の内部から腐敗してしまったんでしょう」

「佃が言った通りだろうな。反骨精神のある者たちが組織の改善を急ぐべきだと声をあげても、同調する人間はあまりいない」

「キャリアに嫌われたら、停年まで冷や飯を喰わされることになりますからね。そもそも警察官になりたがる人間は権力側に擦《す》り寄って、楽な生き方をしたいと思ってるのが多いでしょ？」

「そうだな。おれは別にリベラリストじゃないが、権力や権威に弱い奴は基本的には信用してないんだ。そういう者は筋を通さないで、長いものに巻かれてしまう。そうした生き方が狡《ずる》くて見苦しいことだとも自覚してない。誇りにあんまり拘わるのもどうかと思うが、気骨のない奴は魅力がないよ。少なくとも、そういう人間とは友達になりたくないな」

「自分もリーダーと同じですよ」

「おれたち、大学生に逆戻りしたみたいだな。三十代の後半になって、こんな青臭いことを言ってるんだからさ」

「たまにはいいんじゃないですか」

佃が照れながら、そう言った。岩城は笑顔を返した。

いたずらに時間が過ぎ去った。

本部庁舎の通用口から、秋葉が姿を見せたのは午後四時半を回ったころだった。ダークグレイの背広の上に、黒革のロングコートを羽織っている。小脇に抱えているセカンドバッグはブランド物だった。

秋葉は車道を渡り、反対側でタクシーに乗り込んだ。捜査でタクシーを利用するケースは限られている。どうやら秋葉は私用で出かけるらしい。

佃が少し間《ま》を取ってからスカイラインをUターンさせ、秋葉を乗せたタクシーを追尾しはじめた。

タクシーは日比谷方面に走り、晴海《はるみ》通りを直進し、昭和《しょうわ》通りに乗り入れた。秋葉がタクシーを停めさせたのは、銀座一丁目のレストランの前だった。佃がスカイラインをタクシーの二十メートルあまり後方の路肩に寄せた。

「先に店に入ってる」

岩城は黒縁の伊達眼鏡をかけ、素早く助手席から出た。ちょうど秋葉がレストランに入るところだった。

岩城は大股で歩き、店内に足を踏み入れた。人と待ち合わせをする振りをしながら、店の中を見回す。

テーブル席が二十卓ほどあり、右手は個室《コンパートメント》になっていた。秋葉はウェイターに何か問い、奥の端のコンパートメントの中に消えた。誰かと個室で落ち合うことになっていたようだ。相手は暴力団の幹部なのか。

岩城は中ほどの席に落ち着いた。

ウェイターが注文を取りにきたとき、佃が店に入ってきた。岩城たちは、ともにステーキセットを頼んだ。オージービーフのステーキは、それほど高くなかった。

ウェイターが下がると、岩城は上体を前に傾けた。

「対象者《マルタイ》は最も奥の個室《コンパートメント》に入ったよ。やの字に会って、捜査情報を教えるのかもしれないな。タイミングを計り、おまえは手洗いに立つ振りをして……」

「わかってます」

佃が大きくうなずいた。

ステーキセットが運ばれてくる前に、部下はごく自然に席を立った。奥のトイレに向かう。コンパートメントの端のそばに、大きな観葉植物の鉢が置かれている。葉が繁っていた。

佃があたりを見回してから、個室の仕切り壁と観葉植物の間に身を滑り込ませた。動きは素早かった。客やウェイターにも気づかれなかったはずだ。

部下がコンパートメント内の会話をなんなく盗聴してくれるだろう。岩城はメニューを拡《ひろ》げ、品名を目で追った。小芝居だった。

メニューを眺めているうちに、岩城は無性《むしょう》に煙草が喫いたくなった。

あいにく全席、禁煙になっていた。水を飲んで我慢する。メニューの文字をゆっくりと目で追いながら、時間を遣り過ごす。

やがて、二人分のステーキセットが運ばれてきた。

佃は、まだ席に戻ってこない。自分だけ先にナイフとフォークを手に取るわけにはいかないだろう。岩城は部下が戻ってくるのを待ちつづけた。

それから数分後、佃が戻ってきた。周《まわ》りに客の姿がないことを目で確かめてから、彼は小声で喋りはじめた。

「コンパートメントで対象者《マルタイ》を待ってたのは、繊維問屋の長男で、高須《たかす》という人物でした」

「その高須は対象者《マルタイ》に何かで強請《ゆす》られたんじゃないのか？」

「ええ、そうです。高須は三年前まで昇竜会《しょうりゅうかい》の準幹部だったようです。父親が急死したんで、高須は足を洗って祖父が創業した会社の経営を引き継いだみたいですね。親族がうまく隠したらしく、会社の取引先の多くは高須が前科三犯の元やくざだってことを知らないみたいなんです」

「秋葉は高須の弱みにつけ込んで、金を強請った。そうなんだな？」

「ええ、その通りです。きょう、高須は三百万の現金を対象者《マルタイ》に渡しました。半年ほど前にも、同額の口止め料を払わされたようです」

「秋葉はクズだな」

「盗み聴いた遣り取りでわかったんですけど、秋葉は足を洗った元組員たち十数人から、犯歴をネットの掲示板に書き込まれたくなかったらと脅迫して相手から数百万円の口止め料を毟《むし》ったみたいですよ。高須は総務課の社員たち三人に代わる代わる秋葉を尾行させて、恐喝の事実を調べさせたようです」

「佃、やるじゃないか」

「高須はそれを反撃の材料にして、追加の三百万の支払いを最初は渋ってたんですよ。すると、秋葉は聞き直って『おまえの犯歴を洗いざらいネットの掲示板に書き込んでやる』

と威《おど》しました」

「高須という男はビビって、結局、追加の口止め料を秋葉に払っちゃったんだな？」

岩城は確かめた。

「そうです。対象者《マルタイ》は極悪人ですね。現職刑事でありながら、いろんな暴力団に手入れの情報を流して金品と女を得てる。その上、堅気になった元組員の前科歴を恐喝材料にして、十数人から多額の口止め料をせしめてたんですから」

「最低だな」

「リーダー、個室に踏み込んで秋葉を緊急逮捕しませんか。高須が被害を認めれば、本家の連中がとことん秋葉を調べてくれるでしょう」

「秋葉が捜査本部事件に深く関わってるという確証を得たわけじゃないんだ。本家に秋葉を引き渡すのは早いな。黒白《こくびゃく》がはっきりするまで秋葉は泳がせるべきだろう」

「そうしたほうがいいですかね。リーダーの判断に従います」

「そうしてもらう。佃、喰おう」

「はい」

佃が先にナイフとフォークを握った。腹が空いていたようだ。

岩城もステーキを食べはじめた。オージービーフは少し硬かった。味も国産牛よりも劣る。付け合わせのサラダはまずくない。

いちばん端のコンパートメントの扉が開いて、秋葉が出てきた。佃が心得顔で、ポリスモードのカメラで秋葉を撮った。少し遅れて現われた元やくざの高須も隠し撮りする。高須は三十代半ばだろう。地味な身なりをしている。とても元組員には見えない。

「後日、高須に被害届を出してもらおう。秋葉の尾行をつづけるぞ」

岩城は佃に言った。佃が大きく切り分けたビーフを口一杯に頰張った。岩城は笑いそうになった。

秋葉が高須に何か言い、先にレストランを出た。佃が椅子から立ち上がり、すぐに秋葉を追った。

岩城はレジに向かいながら、嵌め殺しのガラス窓越しに外を見た。

秋葉は車道の近くにたたずんでいる。またタクシーを利用する気らしい。佃はスカイラインに向かって歩いていた。

岩城はレジの前で立ち止まった。高須がカードで支払いを済ませ、表に出た。岩城も勘定を払い、スカイラインに走った。

4

追尾中のタクシーが停まった。

西新橋《にししんばし》二丁目にある雑居ビルの前だった。岩城は佃に目配せした。佃がスカイラインをガードレールに寄せる。タクシーの数十メートル後方だった。

秋葉がタクシーを降り、雑居ビルの中に入った。馴《な》れた足取りだった。暴力団の下部団体の事務所が雑居ビルの中にあるのか。

岩城は色の濃いサングラスをかけてから、スカイラインの助手席から出た。佃が急いで運転席から降りる。いつの間にか、サングラスで目許を隠していた。

「チャンスがあったら、対象者《マルタイ》を生け捕りにする。グローブボックスに麻酔ダーツ銃が入ってたな？」

岩城は佃に訊いた。

「ええ。リーダー、急に作戦を変更する気になったのはなぜなんです？」

「森岡《モリ》さんを早く家に帰らせてやらなきゃな」

「そういうことなんですか」

佃が笑顔になって、グローブボックスの蓋《ふた》を開けた。

取り出された麻酔ダーツ銃には、すでに全身麻酔薬チオペンタール・ナトリウム溶液の詰まったアンプル弾が装塡《そうてん》されている。佃が麻酔ダーツ銃をベルトの下に差し込んだ。

岩城たちコンビは雑居ビルに足を踏み入れた。

奥のエレベーター乗り場の脇に民間の私書箱があった。秋葉は私書箱の一つに角封筒を入れ、南京錠を掛けた。

岩城は先に秋葉に近づいた。秋葉が身構え、挑戦的な目を向けてきた。

「なんだよ」

「こっちも私書箱を利用してるんだ」

「そうだったのか。てっきり喧嘩を売られると思ったぜ」

「おれは平和主義者でね」

岩城は穏《おだ》やかに言って、秋葉に当て身を見舞った。秋葉が呻きながら、前屈《まえかが》みになった。

すかさず佃が、秋葉の首の後ろに麻酔ダーツを撃ち込む。秋葉が唸《うな》って、首に手を回した。ダーツの先端には、返しが付いている。容易には引き抜けない。

秋葉が片膝を落とし、ゆっくりと横に転がった。一分も経《た》たないうちに、意識が混濁《こんだく》したようだ。

「佃、見張っててくれ」

岩城は両手に布手袋を嵌めると、秋葉のレザーコートのポケットを探った。私書箱の鍵を抓《つま》み出し、南京錠のロックを解く。

「秋葉を通路から死角になる場所に引きずってくれ」

「了解！」

佃がぐったりとした秋葉のコートの後ろ襟《えり》を摑んで、奥まで引っ張っていく。

岩城は角封筒を抓み上げた。封を切り、便箋《びんせん》を抜く。赤坂に組事務所を構える広域暴力団の二次団体に九日後の午前七時ごろ、所轄署組織犯罪対策課が家宅捜索をする予定になっていることがパソコンで打たれていた。宛名も秋葉の名前も記《しる》されていない。

「秋葉の意識は完全になくなりました」

奥から戻ってきた佃が低い声で言った。

「そうか。やっぱり、秋葉は手入れの情報をいろんな暴力団に売ってたようだ。買い手には私書箱の南京錠のスペアキーを渡してあるにちがいないよ」

「そうなんでしょうね」

「少し時間が経ったら、赤坂の誠和《せいわ》会的場《まとば》組の者がここに角封筒を取りに来る手筈になってるんだろう」

「リーダー、秋葉を車のトランクルームに入れて、的場組の人間が来るのを待ちます?」

「いや、手間を省《はぶ》こう。秋葉をアジトのトレーニングルームに運んで、少し痛めつけようや」

「そうしますか」

「酔い潰《つぶ》れた人間を介抱する振りをしよう」

岩城は言って、奥に向かった。すぐに佃が従《つ》いてくる。

二人は両側から秋葉を抱き起こし、それぞれ肩口で支えた。秋葉を引きずるようにして雑居ビルを出て、スカイラインの後部座席に寝かせる。誰にも見咎《とが》められなかった。

佃が車をアジトに走らせはじめた。

十分そこそこで、『エッジ』に着いた。コンビは地下駐車場から三階に上がり、秋葉をトレーニングルームの床に横たわらせた。

佃が最初に秋葉の頭に黒い袋をすっぽりと被せた。岩城は秋葉のすべてのポケットに手を突っ込んでみた。しかし、捜査本部事件に関わりのありそうな物は所持していなかった。

岩城は、結束バンドで秋葉の両手首を括《くく》った。手錠を使ったら、秋葉に自分たちの身分を知られてしまう。

「麻酔溶液は通常の四分の一程度にしておきましたんで、一時間半ぐらいで秋葉の麻酔は切れると思います」

佃が言った。

「そうか。それまで体を休めておけ」

「はい」

「森岡《モリ》さんに連絡して張り込みを切り上げ、家に帰ってもらうよ。瀬島はアジトに呼び戻す」

岩城は懐からポリスモードを摑み出し、森岡に連絡した。待つほどもなく電話は繋がった。

「秋葉を生け捕りにしたんで、森岡《モリ》さんは自宅に帰ってください。お子さんのどちらかがインフルエンザか何かで高熱を出してるんでしょ？」

「えっ、誰から聞いたんだい？　まさか娘がタミフルでも兄貴の熱はあまり下がらないんで、リーダーの私物の携帯に電話して父親を早退させてくれって……」

「やっぱり、そうでしたか。娘さんから電話があったわけじゃありません。佃とおれはそんなことではないかと推察したわけです。仕事熱心な森岡《モリ》さんがおかしなことを言うなと訝《いぶか》しく感じたんですよ」

「そうだったのか」

「水臭いですよ、森岡《モリ》さん。おれたちは特命捜査を担《にな》ってるわけですが、メンバーが体調を崩すこともあるし、その家族に何か心配なことがある場合だってあるでしょう？　そんなときは無理しないでくださいよ」

「その言葉はありがたいが、たったの四人で厄介《やっかい》な捜査に当たってるんだ。メンバーがひとりでも欠けたら、その分ほかの仲間に負担がかかるじゃないか。息子のことより、秋葉を生け捕りにした経緯《いきさつ》を教えてくれないか」

「森岡《モリ》さん！」

「おれは刑事《デカ》なんだ。もちろん家族は大事だが、任務のことは気になるじゃないか」

森岡が促した。岩城は押し切られて、経過をかいつまんで語った。

「秋葉を少しハードに締め上げりゃ、捜査本部事件にタッチしてるかどうかわかりそうだな」

「そうですね。瀬島にこっちに戻るように伝えて、森岡《モリ》さんは帰宅してください」

「そうはいかないよ。少し前に星野が自分のレクサスを運転して、本庁の地下駐車場から出てきたんだ。霞《かすみ》が関《せき》から虎ノ門《とらのもん》に出て、赤坂見附《みつけ》方面に向かってる。リーダーに報告しようと思ってたとき、そちらから電話があったんだよ」

「そうだったんですか」

「そういうことだから、こっちだけ早退けするわけにはいかない。女刑事ひとりに星野を追わせるのは何かと危ないじゃないか」

「そうですが……」

「息子の熱はぐっと下がるだろうから、心配ないって。このまま瀬島と星野を追尾しつづける。星野は、詐欺師の潜伏先に向かってるのかもしれないな」

「清水の潜伏先が判明しても、二人だけで突入しないでくださいね」

「リーダーの指示を仰《あお》いでから動くようにするよ」

森岡が通話を切り上げた。岩城はポリスモードを懐に収め、森岡の話を佃に伝えた。

「森岡《モリ》さんが言ったように、瀬島ひとりに星野を追わせるわけにはいきませんよね。犯罪者たちは追いつめられると、凶暴になりますでしょ？」

佃が言った。

「そうだな。瀬島は射撃の訓練を熱心にやってるが、まだ一度も銃口を向けられたことがない。捜査活動中に発砲したこともないわけだから、敵が物騒な物を所持してたら、冷静さを失うにちがいない」

「でしょうね。森岡《モリ》さんは子供のことが心配でしょうけど、任務を続行してもらったほうがいいと思います」

「そうだな。結果論だが、麻酔ダーツ銃を使わずに秋葉をチョーク・スリーパーで気絶させればよかったな。そうすれば、いまごろは秋葉を本家のメンバーに引き渡して、森岡・瀬島班を追えてただろう」

「ええ、そうでしょうね」

「もう遅いな。秋葉の意識が戻るのを待とう」

岩城は壁に立てかけてあるパイプ椅子を二つ持って、秋葉の近くで開いた。佃を先に坐らせ、自分も腰かける。

気が急《せ》いているせいか、時間の流れがいつもより遅く感じられた。岩城は無意識に溜息をついてしまった。佃も幾度か吐息を洩らした。

秋葉の麻酔が切れたのは、一時間数十分後だった。

「ここはどこなんだ？　おれは警視庁の刑事なんだぞ」

「悪徳警官のことはよくわかってるよ」

岩城は、片方の肘《ひじ》で上体を支え起こそうとした秋葉の肩口を蹴った。横蹴りを受けた秋葉は床《フロア》に後頭部をぶち当て、口の中で呻いた。

「そっちが西新橋の私書箱に入れた角封筒の中身を読んだ。誠和会的場組の家宅捜索《ガサイレ》の情報を流して、いくら貰うことになってるんだい？　性根《しようね》の腐った暴力団係《マルボウ》刑事が四年ぐらい前から仁友会鷲尾組を含めた闇勢力に捜査情報を売って、金品や女を提供してもらってた証拠も握ってる」

「私書箱に近づいてきたサングラスの二人組は素っ堅気じゃないと思ってたが、おまえらは半グレらしいな」

「おれは、三年半前に関西の極道に撃ち殺された日置勝史の親友《マブダチ》だよ。そっちは日置が面倒見てた里中早希をてめえの愛人《レコ》にした。セクシーな女だから、入れ揚げたくもなるよな。けど、現職の刑事《デカ》が裏社会の連中とずぶずぶの関係になっちゃいけない」

「あんた、おれと同業なのか⁉」

「おれたちはブラックな調査員だよ。そっちが夕方、銀座一丁目のレストランの個室で元やくざの高須から三百万を脅し取ったことも知ってる。捜査情報をあちこちの組織に売ってるだけじゃなく、前科歴のある連中に犯歴をネットの掲示板に書き込むと脅して、十数人から口止め料をせしめたんだから、やくざよりも性質《たち》が悪いな。高須からは口止め料を二度せびって、計六百万を手に入れた。監察係に目をつけられても仕方ないな。工藤和馬を笹塚に始末させたのは、そっちなんじゃないのかい？」

「なにを言ってるんだっ。おれは監察になんかマークされたことないぞ」

「粘っても無駄だ。おれたちは、何でも知ってるんだよ。捜二知能犯係の星野敏も工藤警部に目をつけられてたから、二人で共謀して笹塚悠輝に工藤を殺《や》らせたのかな」

「星野さんの名前と顔は知ってるが、個人的なつき合いはない。おれたち二人がつるんで何か悪さするなんて根拠がない話だ」

「そっちと星野に交友があるって証言した者が二人いるんだよ。ヤメ検弁護士の栗林誠吾と精神科医の真崎恭太郎さ。二人は、そっちにスキャンダルを握られて、笹塚を心神喪失者に仕立てろと脅迫されたと言ってたな」

岩城は鎌をかけた。反則技を使うことには、ほとんどためらいはなかった。狡猾《こうかつ》な悪党に正攻法は通じない。

「あんたは刑事失格だな」

佃が蔑《さげす》むように言って、秋葉の腰を蹴った。佃が声を荒らげることは珍しい。悪徳刑事に強い憤りを感じているのだろう。

「何しやがるんだっ」

「どうなんだよ？」

「何が？」

「あんたは悪事の証拠を工藤警部に握られてしまったんで、誰かに紹介された笹塚の手を汚させたのか。それとも、星野と共謀したのかっ」

「おれは本当に笹塚なんて奴は知らないし、工藤殺しには絡んでないぞ。正義の使者気取りの監察係長が交通事故死してくれりゃいいと考えてたがな。それから、星野さんとはつるんでない。嘘じゃないよ。本当に本当なんだ」

秋葉が訴えた。佃が無言で秋葉を引き起こし、すぐに足払いをかけた。秋葉が横に倒れて、長く呻いた。

「柔道の受け身を少し教えてやろうと思ったんだけど、両手首を括《くく》られてるんだったな。それじゃ、蹴りを受けたときのダメージを小さくするコツを教えてやるか。秋葉、胸筋と腹筋の両方に力を入れろ。そうすれば、内臓破裂は防げるよ」

「その声、どっかで聞いた覚えがあるな。誰だったか」

「筋肉を張れ！」

佃が言うなり、秋葉の脇腹を連続して蹴りはじめた。加減したキックだったが、秋葉は痛みを訴えつづけた。

「裏社会に捜査情報を売ったり、足を洗った元組員たちを強請ってただけで、笹塚に工藤和馬を片づけさせたことはないって言うんだな？」

岩城は確かめた。

「おまえら、いや、おたくたちの狙いは金なんだろうが。おれが別収入を得てたことを誰にも言わないでくれたら、二人に三百万ずつ渡してもいい」

「金は嫌いじゃないが、クズ野郎と手を打つ気はないな」

「わかった。おたくらに五百万ずつ払うよ。それで、どうだい？」

「わかってないな。鈍すぎるぜ」

「え？」

秋葉が訊き返した。岩城は秋葉を黙殺して、佃に顔を向けた。

「こいつをもう一度、眠らせてやれ」

「わかりました」

佃がベルトの下から麻薬ダーツ銃を引き抜き、ゆっくりと屈《かが》み込んだ。秋葉が全身を強張らせる。

ダーツが放たれた。ダーツが沈んだのは、秋葉の右の脇腹だった。アンプルの中の麻酔溶液が揺れ、少しずつ秋葉の体内に吸い込まれていく。

「リーダー、秋葉をどうするんです？」

「またスカイラインの後部座席に寝かせて、後でどこか暗い所に落とそう。秋葉は工藤の事件にはタッチしてないという心証を得たよ。佃はどうだ？」

「シロっぽいですね」

「頭の袋を取って、結束バンドも外してやれ。参事官経由で、組対部長と人事一課監察係に秋葉の犯罪情報を流してもらおう」

岩城は言った。佃がすぐに指示通りに動いた。秋葉は、ほどなく意識を失った。

それから間もなく、利佳から岩城に電話がかかってきた。

「清水喬の潜伏先を突きとめました。御殿場《ごてんば》にある知人の別荘にずっと身を潜めてたようです。レクサスで別荘に乗りつけた星野はロッジ風の建物に入ったきり、まだ出てきません」

「そうか」

「少し前に森岡《モリ》さんが敷地内に忍び込んで偵察したら、清水と星野は大広間《サロン》でブランデーを酌《く》み交わしてたそうです。多分、星野は泊めてもらうつもりなんでしょう」

「その別荘は、どのあたりにあるんだ？」

岩城は問いかけた。清水の知人のセカンドハウスは富士《ふじ》カントリークラブと金時山《きんときやま》の中間地点に位置し、鹿内《しかうち》山荘という表札が掲《かか》げてあるそうだ。

「これから、佃とそっちに向かう。森岡《モリ》さんにそう伝えてくれ。おれたちが到着するまで二人だけで強行突入しないようにな」

「はい。リーダー、秋葉はどうだったんですか？」

「追い込んでみたんだが、シロという心証を得たよ。佃も同じだ」

「そうですか。となると、星野が清水と共謀して笹塚に工藤警部を葬《ほうむ》らせたんですかね」

「そう疑えないこともないが、まだ何とも言えないな。とにかく、鹿内山荘に向かう」

「待機してます」

利佳が通話を切り上げた。

岩城は佃に利佳の話を伝え、一緒に秋葉を引き起こした。トレーニングルームを出て、アジトを後《あと》にする。運のいいことに、通路は無人だった。エレベーターでも、人に会うことはなかった。

秋葉をスカイラインの後部座席に横たわらせ、二人は運転席と助手席に乗り込んだ。ハンドルを握ったのは岩城だった。佃よりも、多少は運転テクニックがあった。

官庁街の外れで、秋葉を路上に引きずり下ろす。岩城は佃に神保参事官に経過報告をさせ、屋根《ルーフ》に赤色灯を載せさせた。

岩城は青山通り経由で、車を東名高速道路の下《くだ》り線に進めた。高速で走りつづけ、御殿場ＩＣ《インターチエンジ》から一般道に下りる。目的地に着いたのは、およそ一時間半後だった。

鹿内山荘は、三方を自然林に囲まれていた。敷地は優に千坪はあるだろう。近くには別荘も民家も見当たらない。

プリウスは、山荘の五、六十メートル先の林道の端に駐められている。ライトは消されていたが、アイドリング音は耳に届いた。

岩城はプリウスの少し先で、スカイラインを停めた。ライトを消し、エンジンも切る。佃と相前後してスカイラインを降りると、森岡と利佳が駆け寄ってきた。二人の息は白かった。

「リーダー、早かったね」

森岡が言った。背を丸めている。利佳も寒そうだ。

「サイレンを鳴らしっ放しにして、こっちに来たんですよ。清水と星野は、まだサロンで飲んでるんですね？」

「と思うが、さっき悲鳴が響いたんだ。声から察して、清水だろうな」

「星野が破滅を回避したくて、清水に襲いかかったのかもしれないな。おれが突入するんで、三人は建物の両脇と裏手に回ってくれないか」

岩城は部下たちに指示し、勢いよく駆けはじめた。鹿内山荘に走り入り、中腰で高床式《ピロティー》のポーチまで走った。

部下たちが山荘の三方を固める。岩城はラテックスのゴム手袋を嵌めてから、玄関のドアのノブに手を掛けた。施錠されている。

ピッキング道具を抓み出そうとしたとき、散弾銃の銃声が山荘の中から響いてきた。

岩城はショルダーホルスターからグロック32を引き抜き、手早く安全装置を解除した。スライドを滑らせて、数歩退《さ》がる。

岩城はノブを狙って、銃弾を放った。ノブは弾け飛んだ。オーストリア製の自動拳銃を構えながら、土足で広い玄関ホールに上がる。

ホールの左手のドアは小さな弾痕だらけだった。サロンから苦しそうな男の唸り声が洩れてくる。

「きさまが悪いんだぞ。ブランデーの壜《びん》でわたしの頭を叩いて殺そうとしたんだからな。わたしが猟銃で反撃したのは、いわば正当防衛だぞ。星野、きさまはわたしを裏切りやがった」

「清水さん、聞いてくれないか。密航組織とうまくコンタクトできなかったんで……」

「わたしを撲殺する気になったんだなっ」

「あなたに自首されたら、投資詐欺の証拠隠しをして五千万を貰ったことが発覚してしまうんで、清水さんをどうにかしなければならないと追いつめられた気持ちになったんですよ」

「もう撃たないでくれ。お願いだ」

星野が命乞いした。

岩城はサロンのドアを一気に開けた。清水がレミントンの散弾銃を構えていた。前頭部から血の条《すじ》が幾本か這っている。出入口の近くのペルシャ絨毯《じゅうたん》の上には、星野が倒れ込んでいた。仰向けだった。腹部に粒弾《りゅうだん》を受け、衣服は鮮血に染まっている。

「ショットガンを捨てるんだっ」

岩城は清水に声を投げた。

「何者なんだ？」

「警察だよ」

「なんてことだ」

清水が歯噛みして、散弾銃を足許に投げ捨てた。幸いにも暴発はしなかった。

三人の部下が次々に玄関に躍り込んできた。それぞれ拳銃を握っている。

「あんたが笹塚を雇って、監察係長の工藤警部を刺殺させたのか？　そうじゃなく、奥にいる清水と共謀したのかっ」

「われわれ二人は、その事件には関与してない。通り魔殺人だったんじゃないのかね」

星野が言った。

「いや、そうじゃないな。仕組まれた衝動殺人だったんだろう。その証拠に、八王子の精神科病院に強制入院させられた笹塚は半月後に日向ぼっこをしてて、何者かに射殺されてしまった」

「そのことは知ってるが、わたしたちはどんな殺人事件にも関わってないぞ。清水さん、そうですよね？」

「そうだよ。そんなことより、早く救急車の手配をしてくれ」

「二人とも致命傷を負ったわけじゃない。痛みに耐えられなくなったら、自分で一一九番するんだな。その代わり、地元の警察も駆けつけるぞ」

「あんた、刑事なんだろうが。そんな無責任なことがよく言えるな」

「ここは警視庁の管轄じゃないんで、おれたちは引き揚げる」

岩城は清水に言い放ち、サロンのドアを荒っぽく閉めた。すでに部下たちが玄関内の弾頭とポーチの薬莢は回収済みだった。

「消えよう」

岩城は三人の部下に声をかけ、ポーチの階段を下《くだ》りはじめた。

第四章　疑惑の向こう側

1

頭が重ったるい。

岩城は目を擦《こす》った。明らかに寝不足だった。

清水の潜伏先からアジトに戻ったのは、日付が変わった直後だった。『シャドー』のメンバーはひと休みしてから、それぞれタクシーで帰宅した。

少し疲れていた。岩城は風呂にゆったりと浸《つ》かり、ベッドに入った。だが、いっこうに眠れなかった。

捜査を遠回りさせてしまったことに、リーダーとしての責任を感じて気分が落ち込んだからだろう。工藤和馬にマークされていた星野敏と秋葉義明に疑わしい点がなかったわけではない。しかし、二人とも現職の警察官である。工藤警部を第三者に殺害させた可能性は低かった。警察関係者は身内意識が強い。よほどのことがなければ、殺意は懐《いだ》かないだろう。

そう考え、もっと早く星野と秋葉を捜査対象者から外すべきだったのではないか。そんなことをあれこれ考えているうちに、岩城は目が冴《さ》えてしまった。ほんの一時間ほど浅く眠っただけだった。

岩城はブラックコーヒーを飲んだだけで、自宅を出た。『エッジ』に着いたのは、午前九時ごろだった。部下たちはまだ誰も来ていなかった。

岩城は事務フロアのソファに坐り、煙草を吹かしつづけていた。喉が少々、いがらっぽい。舌の先もざらついている。あと十分ほどで午前十時だ。

御殿場から帰る途中、岩城は電話で神保参事官に経過を報告した。星野と清水に隠れ捜査のことを知られてしまったが、岩城たち四人は特に不安は感じていなかった。清水が潜伏していた鹿内山荘には、防犯カメラは設置されていなかった。

東名高速道路に設けられたNシステムには、プリウスとスカイラインのナンバーは確実に読み取られているだろう。しかし、それだけで岩城たち四人が清水の潜伏先に突入した証拠にはならない。

参事官からコールバックがあったのは、およそ一時間後だった。本家の捜査員に静岡県警に情報を提供してもらったところ、清水が携帯電話で救急車を呼び、星野と一緒に地元の救急病院に搬送されたという。二人は所轄署の刑事たちに事情聴取されたが、黙秘権を行使したらしい。

いずれは厳しい取り調べに耐えられなくなって、星野と清水は投資詐欺にまつわる犯罪について自白すると思われる。だが、『シャドー』に工藤殺しの件でマークされていたことまではわざわざ話さないだろう。

それにしても、回り道をしてしまったものだ。自分にはチームを束《たば》ねるだけの能力がないのか。

岩城はそう思うと、気が滅入《めい》った。しかし、『シャドー』は名探偵の集団ではない。これまでに捜査が迷走したことは何度かあった。捜査が振り出しに戻ったのは癪《しゃく》だが、そういうことがあってもやむを得ないだろう。

あまり気負うことはない。

岩城は自分に言い聞かせ、ソファから立ち上がった。事務フロアを意味もなく歩き回っていると、利佳がやってきた。前夜の疲れはうかがえない。まだ若いからだろう。

「おはようございます。リーダー、一番乗りみたいですね？」

「年寄りは朝が早いんだよ」

「うふふ。星野と秋葉の心証がシロだったんで、徒労感を覚えたんじゃありませんか。悔しくて眠れなくなっちゃったんでしょ?」

「瀬島は心理学者だな。その通りだよ」

「リーダーが悪いわけではありません。部下の読みが浅かったんで、星野と秋葉を重点的に洗い直すことになったんです。リーダーは心優しいから、部下たちの見解を頭ごなしに否定したりしませんからね」

「別におまえらに引きずられたわけじゃないさ。おれにクロと思える奴がいなかったんで、怪しい点のある星野と秋葉をマークしてみる気になったんだ」

「庇《かば》い合いをするほどの遠回りしたわけじゃないですよ。遅れを取り戻せばいいんです。リーダー、ネガティブになったら、冴えた考えも閃《ひらめ》きませんよ」

「そうだな」

「いつだって前を向いて走る。後ろを向いて、くよくよするなんてばからしいじゃないですか」

「少し元気になったよ」

「いま、お茶を淹《い》れますね」

「いいから、坐れ」

岩城はソファを手で示した。利佳が脱いだコートを自分のロッカーに入れ、ソファに浅く腰かけた。

ちょうどそのとき、佃と森岡が一緒にアジトに入ってきた。岩城は森岡に声をかけた。

「佃とエレベーターで一緒になったみたいですね」

「そうなんだ。みんなに心配かけたけど、息子、平熱に下がったよ。タミフルの副作用が問題になったことがあるが、倅《せがれ》には劇的に効いたんだ。おれが作ったポークソテーを平らげたから、もう大丈夫だよ。きょうは大事をとって、学校を休ませたけどさ」

「それはよかったな」

「娘も兄貴が元気になったんで、明るい顔で学校に行ったよ」

「そうですか」

「これで、任務にいそしめる」

「頼りにしてます」

「リーダー、瞼《まぶた》が腫《は》れてますね。笹塚を雇ったのが星野や秋葉じゃなかったんで、時間を無駄にしたことが悔しくて眠れなかったんじゃないんですか？」

佃が訊いた。

「そうじゃないよ。たまに神経が昂《たか》ぶって眠れないことがあるんだ」

「自分らの筋読みを無視できなかったんですよね。すみませんでした」

「おまえは考えすぎだよ。いいから、一息入れろ。少し経《た》ったら、みんなで作戦を練り直そうじゃないか」

岩城は言った。

佃がダウンパーカを脱ぎ、利佳の正面に坐った。森岡もウールコートをロッカーのハンガーに掛けてから、佃のかたわらに腰かけた。

利佳がさりげなく緑茶を淹れはじめた。岩城は森岡の前に腰を落とし、セブンスターに火を点けた。森岡がハイライトをくわえる。佃は煙草を喫《す》おうとしない。

利佳が四人分の緑茶をコーヒーテーブルの上に置き、岩城の隣のソファに坐った。

「きのう霞が関の外れに放置してきた秋葉は、参事官の指示を受けた本家の者たちに身柄を押さえられたということでしたよね。その後、どうなってるんでしょう？」

佃が岩城に問いかけてきた。

「その後のことはまだ神保さんから聞かされてないが、秋葉が捜査本部事件に絡んでないという確証を得たら、次に組対五課の課長と人事一課監察係の取り調べを受けるはずだ。

秋葉は観念して暴力団に手入れの情報を売り、さらに前科歴のある十数人から口止め料をせしめてたことを認めるだろう」

「でしょうね。秋葉が懲戒免職になることは間違いないと思いますが、上層部の一部が警察のイメージダウンを嫌って悪徳刑事《デカ》を不起訴処分にしてしまうんじゃないだろうな」

「そんなことになったら、マスコミにリークしてやるさ」

「ええ、そうしましょうよ。偉いさんが検察側を抱き込んでも、マスコミは警察の不正を見逃したりしないでしょうね」

「全国紙を出してる大新聞社やテレビ局は案外、国家権力の圧力に弱い。しかし、怖いもの知らずの総合誌もある。マスコミが及び腰だったら、そういうジャーナリズムに力になってもらうさ」

「リーダー、心配ないって。綿引刑事部長や神保参事官は腰抜けじゃないよ。〝六奉行〟の多くが警察官の犯罪や不祥事を隠そうとしたら、上層部ととことん闘うにちがいない」

　森岡が言った。

「そうしてほしいですね」

「刑事部長や参事官が偉い連中にぶっ潰されそうになったら、チームが助《ス》けてやろうや。警察も検察も世間には知られたくない秘密や不正を抱えてる。何か切札は見つかるって」

「『シャドー』も非合法捜査チームだから、世間に知られないほうがいいでしょうね」

佃が茶々を入れた。森岡が佃の頭を軽くはたいた。

「おまえ、変な突っ込みを入れるんじゃないよ。確かにチームは非公式な別班だし、メンバーは違法な捜査を重ねてる。でも、義《ぎ》のために反則技を使ってるんだ」

「ええ、そうですね。だけど、『シャドー』はいわゆる反社会勢力なんかじゃありません。ただ、法治国家なんですから、危《ヤバ》い存在でしょ？」

「佃、いつから優等生になったんだよ。元暴力団係《マルボウ》だろうが。建前論を振り回すな。組対にいたころは、涼しい顔してヤー公たちをさんざん痛めつけたくせに。噂はいろいろ耳に入ってるぜ。ある組の親分の顔を水洗トイレの便器に押しつけて、水を流しつづけて溺死させかけたそうじゃないか。そうなんだろ？」

「そういえば、そんなこともありましたね」

「おまえは優男だけど、根は冷血なサディストなんだろうよ。そんな奴が善人ぶるなって」

「自分、客観的な事実を言っただけですよ。『シャドー』は超法規捜査班なんですから、やっぱり世間に知られるのは問題でしょう？」

「屁理屈《へりくつ》を言うなっ」

「別に屁理屈じゃないと思うがな」

佃が口を尖《とが》らせた。そのとき、利佳がくすっと笑った。

「瀬島、何がおかしいんだよ！」

森岡が利佳に言った。詰《なじ》る口調だった。

「笑ったりして、すみません。でも、二人とも子供みたいにむきになってたんで、おかしかったんですよ。エスプリの利いた漫才のようには聞こえませんでしたけどね」

「言いたいことを言いやがって。瀬島が男だったら、はっ倒してたとこだぞ」

「一対一《タイマン》の喧嘩張りますか？」

「瀬島と取っ組み合ったら、あっちこっち触りたくなりそうだ。だから、やめとくよ」

「もろにセクハラですね。でも、わたしはめくじらなんか立てません」

「もう小娘じゃないからな。二十八だっけ？」

「まだ二十七です！」

「どっちだっていいじゃないか」

「いいえ、よくありません。独身女性にとっては大事なことです」

「科捜研で働いてる彼氏がなかなかプロポーズしてくれないんだったら、こっちの後妻になるかい？」

「せっかくですけど、遠慮しておきます」

利佳が笑いながら、はっきりと断った。

その直後、なんの前触れもなく神保参事官が『エッジ』を訪れた。岩城たち四人は一斉に立ち上がった。

「みんな、坐ってくれないか。昨夜《ゆうべ》はお疲れさま！」

神保が言って、佃の横のソファに腰かけた。

岩城は参事官に話しかけた。

「本家は、きのうのうちに秋葉の取り調べを終えてるんでしょ？」

「ああ、終えてる。秋葉は四十近い暴力団に家宅捜索情報を流して、総額で五千数百万円の謝礼を受け取ったことを認めた。それから、組関係者が経営してるクラブやバーのホステスを三十数人、提供されたこともね。ホテル代は先方持ちだったそうだ」

「腐りきってますね」

「そうだな。秋葉は、足を洗った元組員たち十四人から百万から六百万の口止め料を脅し取ってたことも吐いた。そういう汚れた金で里中早希の面倒を見てたそうだ」

「工藤警部殺しの件には、まったく絡んでないと繰り返したんですね？」

「そうらしい。実行犯の笹塚悠輝だけではなく、栗林弁護士や東都医大の真崎教授とも会ったことはないと言い張ってるそうだ。本家の者が改めて弁護士と精神科医に確認をとった結果、秋葉の供述に偽りはないとわかったということだったな」

「いま秋葉は組対部で、取り調べを受けてるんですね？」

「そう。人事一課監察係の利根川管理官と古屋主任が取り調べに立ち会ってるそうだよ。いずれ秋葉は地検に送致され、身柄を東京拘置所に移されるだろう」

「参事官、〝六奉行〟の誰かが秋葉を東京地検に送ることに反対したんじゃないんですか？」

「ある部長が秋葉を内々に処分しようという提案をしたみたいだが、綿引刑事部長が相手を怒鳴りつけたらしいんだ。綿引さんは曲がったことが大嫌いだから、当然だろう」

「頼もしいですね。それはそうと、星野と清水は静岡県警の取り調べに対して、いまも黙秘をつづけてるんですか？」

「星野はだんまり戦術を続行してたんだが、清水がなぜブランデーのボトルで星野に撲《なぐ》られることになったのか、理由を断片的に喋ったそうだ。投資詐欺の証拠隠しを星野に頼んで、五千万円の謝礼を現金で手渡したことを自供したらしい」

「それなのに、星野は黙秘しつづけてるんですか？」

「清水が落ちたんで、星野は収賄の事実を認めたそうだ。しかし、工藤和馬の事件には自分も清水もタッチしてないと口走ったんで、静岡県警は警視庁《うち》に事件の合同捜査を申し入れてきたんだよ」

「で、どうしたんです？」

森岡が岩城よりも先に口を開いた。

「刑事部長と相談して、もう捜査本部事件の重要参考人はわかってるからと……」

「合同捜査の申し入れをやんわりと断ったわけか」

「そう」

「参事官、ずいぶん際《きわ》どいことをやったね。犯人《タマ》をなかなか検挙《アゲ》られなかったら、静岡県警は気を悪くするでしょ？」

「そうだろうな。しかし、捜査本部事件の被害者はわれわれの身内だったんだ。静岡県警に先を越されるようになったら、面目丸潰れじゃないか」

「そうですね。駆け引きしてでも、警視庁が事件を解決させたい。そういう気持ちはよくわかるな」

「星野と清水も、本件ではシロだろう」

「そう判断してもいいでしょうね。振り出しに戻ってしまった恰好《かっこう》になったけど、参事官、『シャドー』は意地でも事件《ヤマ》を結着させますよ。おっと、いけない。リーダーみたいなことを言っちゃったな」

「そんなことで、岩城君は気を悪くしたりしないだろう。器が大きいからね」

「ええ」

「岩城君、実は新事実が出てきたんだよ」

「本当ですか⁉」

岩城は身を乗り出し、参事官の次の言葉を待った。

「新宿署の捜査本部に人事一課監察係の利根川管理官から今朝《けさ》早く電話があって、被害者の工藤警部が職務とは別に警察学校で同期だった本庁生活安全部サイバー犯罪対策課の糸《いと》居護《いまもる》警部、四十二歳の私生活を洗ってた節《ふし》があると言ったというんだよ」

「いまごろになって、利根川管理官はなぜそういう情報を……」

「利根川は部下の私的なことなんで、初動捜査のときには言いづらかったんじゃないのかね。多分、工藤係長が監察してた捜二の星野か組対五課の秋葉のどっちかが臭いと睨んでたんだろうな。しかし、二年が経過してもどちらも検挙《アゲ》られない。それだから、ずっと自分の胸に仕舞《しま》ってたことを喋る気になったんじゃないのかね」

「そうなのかもしれないな」

「本家の者を八階の生安部に行かせて、利根川情報にどれほどの信憑性《しんぴょうせい》があるのか探《さぐ》ってもらったんだよ。糸居は外国人の不正送金をチェックしてるらしいんだが、ちょくちょく韓国クラブや上海《シャンハイ》クラブに変装して通ってるようなんだ」

参事官が言った。

ハイテク犯罪件数が増加したことで、全国の警察本部にサイバー犯罪対策課が一九九九年に設置された。警視庁は生活安全部の独立部署として二〇〇〇年にハイテク犯罪対策総合センターを発足させ、二〇一一年にサイバー犯罪対策課と改称した。

同課は不正アクセスやネット詐欺、ブログ・ホームページへの書き込みによる著作権法違反及び名誉毀損《きそん》などの取り締まりに当たっている。課員は警察官だけではない。システム開発の専門知識や技術を有する特別捜査官、テクニカル・オフィサーなどで構成されていた。要するに、スペシャリスト集団だ。

そうしたスペシャリストたちも、凄腕のハッカーやクラッカーには手を焼いていた。実際、新たなウイルスが日に数百種も発見されている。

不正送金件数は二〇一三年から急増し、その総額は年三十六億円前後だ。送金先の約二十六パーセントは日本人口座名になっているが、およそ七十パーセントが中国人だ。ほかには韓国、タイ、フィリピンなどにも不正送金されている。

「サイバー犯罪対策課は終日、パソコンと睨めっこしてると思ってましたが……」

「多くはそうしてるんだが、糸居はチャイナクラブによく飲みに行ってるようだ。赤坂の韓国クラブにも通ってるらしい。金回りがいいというのも気になるな」

「糸居は外国人の不正送金を見逃してやって、遊興費をせびってるんでしょう。地方公務員がチャイナクラブや韓国クラブに夜な夜な通えるわけありませんから」

「そうだな。糸居の父親は元サラリーマンで、いまは年金生活者らしいんだ。金持ちの息子なら、そうした派手な遊びもできるんだろうが、警察官の俸給では無理だね」

「ええ」

「糸居護は警察学校で同期だった工藤警部に悪事の証拠を押さえられたのかもしれないな。そうだったとしたら、笹塚の雇い主は糸居とも考えられる。糸居に関する資料が鞄に入ってるんだ。チームで一応、糸居のことを調べてみてくれないか」

「了解しました」

岩城はうなずき、神保が差し出した資料を受け取った。

2

残照が弱々しい。

岩城はスカイラインの運転席から、『乃木坂《のぎざか》グランドパレス』に視線を向けていた。助手席には森岡が坐っている。

佃・利佳コンビは、警視庁本部庁舎の通用口の近くで張り込み中だ。捜査対象者の糸居護は、サイバー犯罪対策課に留《とど》まっているという報告が十数分前に佃からあった。

『乃木坂グランドパレス』の五〇一号室には、韓国クラブ『ソウルナイト』の人気ホステスの朴琴姫《パククンヒ》が住んでいる。参事官に渡された資料によれば、二十五歳の琴姫《クンヒ》は脱北者だ。四年前に北朝鮮から中国に逃れ、モンゴルとラオスを経由して韓国入りしている。

だが、半年後には行方《ゆくえ》をくらましてしまった。その後、日本に密入国した疑いがあるらしい。

しかし、入国管理局はまだ裏付けを取っていないという。韓国の情報機関が朴琴姫《パククンヒ》を工作員として、日本に潜り込ませたのか。本庁公安部は琴姫《クンヒ》が実在する脱北者であることは確認しているが、彼女が不法に日本に入国した証拠は握っていない。

外務省の記録では、琴姫《クンヒ》は四年前の初夏に日本に入国した。だが、その女性は琴姫《クンヒ》になりすました別人だったのかもしれない。本当の琴姫《クンヒ》は韓国から密航船で渡ってきたとも考えられる。

「糸居は七、八カ月前から『ソウルナイト』に週に三回は通って、いつも琴姫《クンヒ》を指名してると資料に記《しる》されてたよな?」

森岡が言った。

「ええ、そうですね」

「糸居は外国人の不正送金に目をつぶってやって、遊ぶ金を捻出してたんだろうな。それで、いろんなチャイナクラブに飲みに行ってたにちがいない。たまには韓国クラブを覗いてみる気になって『ソウルナイト』に遊びに行ったら、琴姫《クンヒ》に一目惚れしちまった。それで、韓国クラブにも足繁く通うようになったんじゃないか」

「そうなんでしょうね」

「リーダー、琴姫《クンヒ》は脱北者を装った北のスパイなのかもしれないぞ。別人を使って合法的に日本に入ったことにして、実は密航船でこっちに潜り込んだんじゃないか」

「脱北者を装って日本に潜入した工作員は何十人もいるという噂だから、そういうことも考えられそうですね」

「糸居がもう琴姫《クンヒ》と他人じゃないとしたら、日本の軍事や公安情報を流してるんじゃないのかね。美人工作員の肉体の虜《とりこ》になったら、そこまでやっちゃいそうだな。もしかしたら、糸居は本庁《うち》の公安部からマル秘情報を盗み出して……」

「琴姫《クンヒ》に渡してるんじゃないかってことですね？」

「そう。あり得ないことじゃないと思うよ。工藤警部に不正送金絡みのたかり、だけじゃなく、琴姫《クンヒ》に公安情報を漏《も》らしてたことも知られたら、糸居は警察学校で同期だった監察係長を殺《や》らなきゃならないという気持ちになるだろう。けど、自分の手を直《じか》に汚したくはなかった。それで糸居は何らかの方法で実行犯の笹塚を見つけて、工藤を片づけさせたんじゃないのかい？」

「そういう筋の読み方もできますが、まず裏付《ウラ》けを取りませんとね」

「ああ、そうだな。リーダー、琴姫《クンヒ》の部屋に行って、密入国の証拠を押さえてると揺さぶってみない？　琴姫《クンヒ》が北の工作員だとしたら、焦《あせ》るだろう。で、司法取引を持ちかければ、糸居に日本の公安情報を集めてもらってたと吐くんじゃないかね」

「森岡《モリ》さん、それは少し楽観的でしょう？」

岩城は異論を唱《とな》えた。

「そうかね」

「北の工作員たちは作戦が失敗したとき、毒物を呷《あお》って秘密を守れという訓練を受けてるようです。事実、国外で破壊工作にしくじったスパイたちは青酸化合物のカプセルを服《の》んで自害してます」

「うん、そういう事例があったな。琴姫《クンヒ》を追いつめたら、毒物を呷りそうか」

「そうなるかもしれませんよ。もどかしいですが、糸居と琴姫《クンヒ》を泳がせて、しばらく動きを探ってみましょう」

「そうするか」

森岡が口を閉じた。

張り込みを続行する。『乃木坂グランドパレス』から朴琴姫《パククンヒ》が現われたのは、午後五時数分前だった。

資料写真よりも、はるかに美しい。やや目がきついが、造作は整っている。色白で、プロポーションもよかった。着飾っている。

店に出るには早すぎる時刻だ。琴姫《クンヒ》は美容院で髪をセットしてもらってから、店の客と同伴出勤することになっているのではないか。

琴姫《クンヒ》が大通りに向かって歩きだした。

岩城は少し間《ま》を取ってから、スカイラインを発進させた。低速で捜査対象者を追尾していく。

琴姫《クンヒ》は数百メートル歩き、大通りに面した美容院に入った。予想通りだった。岩城は車を美容院の斜め前の路肩に寄せた。

「琴姫《クンヒ》は髪をセットしてもらったら、店の客と夕飯を喰うことになってるんじゃないか。売れっ子ホステスはほぼ毎日、同伴出勤かアフターの予定が入ってるみたいだからさ」

森岡が言った。

「きょうも、琴姫《クンヒ》は誰かと同伴出勤することになってるんでしょう。その相手が糸居護だといいんだが……」

「よくわからないけどさ、気に入ったホステスの同伴出勤につき合ったり、アフターに誘うのはまだ男女の関係になってない客が多いんじゃないの？」

「そうでしょうね」

「糸居は七、八カ月前から『ソウルナイト』によく通ってるということだから、もう琴姫《クンヒ》とは寝てると思うぜ」

「だとしたら、琴姫《クンヒ》は別の客と飯を一緒に喰うことになってそうですね」

「そうだろうな。いや、待てよ。もしかすると、琴姫《クンヒ》は日本に潜入してる北の工作員の上の奴と落ち合うことになってるのかもしれないぞ」

「そうなんでしょうか」

会話が中断した。

そのとき、岩城の懐で刑事用携帯電話《ポリスモード》が着信音を発した。手早くポリスモードを摑み出す。発信者は佃だった。

「数十分前に糸居護が本部庁舎の近くでタクシーを拾って、新橋駅のコインロッカーからビニールの手提《さ》げ袋を取り出し、烏森《からすもり》にあるレンタルルームに入っていきました」

「レンタルルームに？」

「ええ。最近はレンタルルームをラブホ代わりに使ってる男女が増加中らしいから、対象者《マルタイ》は朴琴姫《パククンヒ》とレンタルルームで落ち合ってナニするんじゃないんですかね」

「四十二歳の糸居がそんな所でセックスする気にはならないと思うよ。二十代の男なら、やりたい盛りだから、そういう所で慌《あわ》ただしくナニする気になるかもしれないがな。それに、糸居は不正送金してる外国人から、お目こぼし料を貰ってる疑いがある。ホテル代には困ってないはずだよ」

「でも、ホテルを利用してもスリリングじゃないでしょ？」

「どういう意味なんだ？」

「レンタルルームの仕切り壁は薄っぺらだから、女の喘《あえ》ぎ声が両サイドの部屋に聞こえちゃうみたいですよ。声を圧《お》し殺してセックスするのは、スリリングなんじゃないのかな。だから、大人のカップルがレンタルルームを使う気になっても別に不思議じゃないでしょ？」

「そうかもしれないが、糸居はそんな場所では琴姫《クンヒ》と落ち合ったりしないだろう」

「そうですかね」

「瀬島は、糸居がレンタルルームに入ったことをどう読んでる？」

「レンタルルームで変装するんじゃないかと言ってました」

「多分、そうなんだろうな」

岩城は言った。

「リーダーも、そう思ったんですか。自分だけ見当外れな推測をしてしまったんですかね」

「佃、悩むほどのことじゃないよ。糸居はウィッグを被って衣服を変え、不正送金をしてる外国人のとこを回るつもりなのかもしれないぞ」

「お目こぼし料を集めに行く気なのか。ええ、考えられますね。多分、そうなんでしょう。組対五課で殺人捜査もやってきたのに、そんなことも読めなかったのか。自分、まだまだ未熟だな」

「佃、大げさに考えるなって。レンタルルームから出てきた糸居をしっかり尾《つ》けてくれ」

「了解です。琴姫《クンヒ》に何か動きがありました？」

「少し前に自宅マンションを出て、近所にある美容院に入った。おそらく琴姫《クンヒ》は店の客と食事をしてから、同伴出勤する予定なんだろう」

「糸居と飯を喰うことになってるんでしょうかね」

「そこまではわからないな。糸居が変装して『ソウルナイト』に通ってる可能性も否定できないが、そこまで警戒しながら、韓国クラブに遊びに行ってるとは思えないんだよ」

「お言葉を返すようですけど、糸居は警察学校で同期だった工藤警部にマークされてたんですよね。不正送金してた奴らから遊ぶ金を調達したり、チャイナクラブや韓国クラブに行くときは身分はもちろん素顔も隠してたはずです。それで、変装を……」

「そうか、そうなんだろうな。佃に教えられたな」

「からかわないでください」

「本当におまえに教えられたと思ったんだ。サイバー犯罪対策課で働いてる糸居が単独で不正送金をした外国人たちに会ったり、チャイナクラブや韓国クラブに通ってたら、監察の対象になる」

「ええ」

「だから、糸居が退庁後はいつも変装してたと考えるべきだったな。おれも焼きが回ったか」

「そんなことはありませんよ。たまたま読みが外れただけですよ。糸居を見失わないようにしますね」

佃が先に電話を切った。岩城はポリスモードを所定のポケットに戻し、助手席の森岡に佃との遣《や》り取《と》りを手短に喋った。

「資料によると、糸居護は四年前に離婚してるな。性格の不一致か何かで女房と別れたのかもしれないが、警察官《サツカン》にとって離婚は大きなマイナスになる」

「そうですね。優秀な者もバツイチになると、たちまち昇格に影響が出ます。離婚でハンディをつけるなんて間違ってると思うがな」

「ああ、おかしいよ。けど、警察の偉いさんたちは表向き品行方正なお巡りを高く評価して、順調に昇格させてる。逆に優等生じゃない人間を冷遇してるよな？」

「ええ。表面的に健全な生き方をしてるからって、そいつが真っ当な人かどうかわからないのに」

「そうなんだよな。離婚歴のある糸居は出世の途《みち》を閉ざされたんで、やる気がなくなったんだろう。それで、不正送金をしてる外国人から銭を吸い上げて愉《たの》しく生きようと思ったんじゃないか。捨て鉢になる気持ちはわかるが、犯罪者から銭を貰っちゃいけないよ。警官失格だからな」

「ええ。グレてもいいけど、小悪党はみっともないですね」

「ああ、情《なさ》けないな。糸居は不正送金を見逃してるだけじゃなく、もっと悪事に手を染めてるんじゃないのかね」

「たとえば、どんな悪事が考えられます?」

「チャイナクラブや韓国クラブにちょくちょく飲みに行ってれば、不法滞在してる外国人の噂を耳にするだろう。オーバーステイしてるアジア人、アラブ人、アフリカ人がおよそ三万人はいるみたいだぞ。難民申請をしたり、偽装国際結婚でずっと日本に残留してる連中を加えたら、その数は七、八万人にのぼるんじゃないのか」

森岡が言った。

「ええ、そう推計できますね」

「その気になれば、そういう奴らにイミグレーションに不法滞在してることを密告するぞと威《おど》すだけで、相手から口止め料をせしめることができると思うよ。金のない女たちは体を開くだろうな」

「糸居は、そこまで堕落したんだろうか。いったん人の道を踏み外してしまうと、一層、投げ遣《や》りになりがちです」

「そうだな。人生を半分投げてたら、法律もモラルも糞喰《くそく》らえって気持ちになると思うぜ。警察学校で同期だった工藤は、なんとか糸居を改心させようとしたんじゃないか。同期との連帯感は強いからな」

「ええ。工藤和馬は、糸居が心を入れ替える気になったら、恐喝事案には目をつぶる気だったのかもしれないな。監察官も人の子ですからね」

「工藤は、なんとか糸居を改心させようと説得を重ねたにちがいないよ。しかし、糸居は同期の説得や忠告をまともに聞かなかった。工藤は説得を諦《あきら》め、糸居を摘発する決心をしたんじゃないか。それを察知した糸居が、誰かに紹介してもらった笹塚に工藤を片づけさせた疑いはあるね。リーダー、こっちの筋読みは見当外れじゃないだろ？」

「ええ、そういう疑いはありますね。しかし、なんの物証もまだ摑んでないわけです。予断は禁物でしょう」

「そうだな。状況証拠だけで先入観に囚《とら》われたりすると、誤認逮捕をしかねない。そういうミスは刑事の恥になる。ここは慎重になるべきだろうな」

「そうすべきでしょう」

岩城は口を閉じた。森岡も無言で美容院の出入口に視線を当てつづけた。

髪をセットし終えた琴姫《クンヒ》が店から出てきたのは、四十数分後だった。

すぐに彼女はタクシーを捕まえた。岩城は、琴姫《クンヒ》を乗せたタクシーを慎重に尾《つ》けはじめた。

タクシーは数十分走り、表参道《おもてさんどう》交差点の近くにある鮨屋《すしや》の前で停まった。

車を降りた琴姫《クンヒ》は腕時計に目をやり、鮨屋に入った。約束の時間が過ぎているのかもしれない。

「どうやら『ソウルナイト』の客と同伴出勤するらしいな。リーダーは最近、うまい鮨を喰った？」

「二週間ぐらい前に、つき合ってる彼女と食べましたよ。三万円ほど取られましたが、大《おお》間《ま》の鮪《まぐろ》は最高でした。鮃《ひらめ》もうまかったな」

「羨《うらや》ましいね。子供を連れて月に一、二回は近所の回転寿司屋に行ってるが、付け台に坐って極上の鮨を摘《つま》んだのは一年前、いや、二年近く前になるか。食べ盛りの子供たちに腹一杯喰わせてやってると、食費がばかにならないんだよ」

「そうでしょうね」

「こっちも息抜きに安い居酒屋で焼酎《しょうちゅう》を飲《や》ってるけど、高い鮨屋にはとても行けない」

「森岡《モリ》さん、鮨屋の客に化けて好きなだけ大トロや中トロを食べてきてください。琴姫《クンヒ》には面が割れてないし、糸居とも顔見知りじゃないんだから、店の中に入っても大丈夫ですよ」

「そういう意味で、久しく上等な鮨を喰ってないと言ったわけじゃないんだ。物欲しげな言い方をしちまったのかな」

「捜査費で落とせますから、数万円の飲食代なら問題ありません」

「けどさ、官費で高い鮨を頬張るのはなんか気が引けるな」

「森岡《モリ》さんは俸給以上に働いてるんだから、妙な遠慮はいりませんって」

「なら、リーダーも一緒に鮨を喰おうぜ」

「二人で店に入ったら、警察関係者と琴姫《クンヒ》に見破られてしまいそうだな。どっちもサラリーマンよりも、眼光が鋭いでしょ？」

「そうだろうな。しかし、こっちだけ官費で上等な鮨を喰うのはやっぱり気が引けちゃうよ」

「そう思いながらも、うまい鮨を喰ってもみたいんでしょ？」

「ああ、それはな」

「だったら、鮨屋で琴姫《クンヒ》が誰と会ってるのか探ってみてくださいよ。これは命令です」

「リーダーは好漢だね。刑事《デカ》は上司の命令に背《そむ》くわけにはいかないいな。えへへ。それじゃ、ちょいと摘んでくるか」

森岡が嬉しそうに言って、スカイラインの助手席から降りた。鮨屋に向かった足取りは軽やかだった。スキップしているようにさえ見えた。

森岡が鮨屋に入ってから十分ほど過ぎたころ、私物の携帯電話が上着のポケットで震えた。発信者は片倉未穂かもしれない。

岩城はそう思いながら、携帯電話を手早く摑み出した。予想は正しかった。

「まだ捜査に大きな進展はないんでしょうね」

「なんか声が沈んでるな。未穂、何かあったのか？」

「ううん、別に。あなたの声をちょっと聴きたくなっただけよ」

「職場で何か厭《いや》なことがあったようだな。未穂、そうなんだろう？」

岩城は早口で訊いた。

「たいしたことじゃないの」

「話してくれよ。人に喋ることで、気持ちが楽になることもあるじゃないか。何があったんだい？」

「そう言ってくれるんだったら、甘えることにするわ。開発チームが一年かかって新商品にしたかったものが、ある重役の反対で没にされちゃったの。利幅が少ないから、商品化してもメリットがないという理由でね。コストのことも大事だろうけど、食品開発スタッフは休日返上で試作品を……」

「利潤追求が経営の基本方針だから、そういう悔しいこともあるだろうな。地方公務員のおれたちも別な理由で、理不尽な思いをさせられてるよ」

「そうでしょうね」

「それが人生だと考えたほうがいいな。そうすれば、小さなことで苛立《いらだ》ったりしなくても済むからな。帰宅時間が読めないが、おれの部屋で待っててくれよ」

「ありがとう。でも、あなたに余計な心配をかけたくないから、今夜は自分の部屋で眠ることにするわ」

「そうか。無理強《じ》いはしないよ」

「落ち込むのはきょうだけにするから、わたしのことは心配しなくてもいいからね」

未穂が電話を切った。岩城はすぐにコールバックしたい気持ちを抑《おさ》え、私物の携帯電話を懐に収めた。

3

三十数分後だった。

森岡が鮨屋から出てきた。満足そうな表情だった。

岩城は微笑した。食欲や性欲が充《み》たされないとき、人間は表情に出てしまう。ことに男の場合は、不機嫌になる傾向があるようだ。所詮《しょせん》、人間も動物なのだろう。

助手席側のドアが開けられた。寒風とともに森岡が車内に入ってきた。

「いい種《ネタ》を使ってる鮨は、もう最高だね。満足だよ。リーダーには悪いんだけど、大トロと中トロを併《あわ》せて六貫も喰っちゃった」

「別にかまいませんよ」

「後で領収証をリーダーに渡すけどさ、料金は一万六千円近くになっちゃったんだ。参事官が官費を遣《つか》いすぎだって言ったら、こっちが自腹を切るよ」

「捜査費として落としますんで、心配しないでください。それより、琴姫《クンヒ》と鮨屋で落ち合った人物のことを教えてくれませんか」

岩城は促《うなが》した。

「おっと、いけねえ。先に店に入ってた男は五十代の半《なか》ばで、八木《やぎ》と呼ばれてた。『ソウルナイト』の客だったよ」

「その男の日本語は滑《なめ》らかでした？」

「ああ、妙なアクセントはなかったね。韓国か北朝鮮の工作員じゃないと思うよ。店の大将や琴姫《クンヒ》との遣《や》り取《と》りからわかったんだが、八木と呼ばれてた男は計器メーカーの下請け会社の社長みたいだな」

「そうですか」

「八木はしきりに琴姫《クンヒ》を口説《くど》いて、自分の愛人になってくれたら、月に二百万の手当を渡すと言ってた。琴姫《クンヒ》のむっちりした太腿《ふともも》や膝小僧を撫《な》でながらさ。ほかの客はこっちだけだったんだが、板場に大将が立ってた。だから、半分冗談だったんだろうが、八木が琴姫《クンヒ》を抱きたがってることは間違いないな。見るからに好き者って感じだったから、これまでにホステスを何十人もホテルに連れ込んだんだと思うよ。ひょっとしたら、自分の会社の独身女性にも手を出してるのかもしれない」

「琴姫《クンヒ》はどんなリアクションを見せたんです？」

「店の客に口説かれ馴《な》れてるみたいで、上手に八木の誘いを躱《かわ》してたよ。そうそう、八木は糸居が琴姫《クンヒ》をお目当てに『ソウルナイト』に通ってることを知ってて、二人はもうデキてるんだろうなんて探《さぐ》りを入れてた」

「それに対して、琴姫《クンヒ》はどう答えてました？」

「糸居が自分を気に入って店に通ってくれることはありがたいが、自分たちは男女の間柄じゃないと何遍《なんべん》も言ってたよ」

「糸居と親密だと答えたら、八木という男が店に来なくなると考えて琴姫《クンヒ》はそう言ったんでしょうね」

「いや、琴姫《クンヒ》は嘘なんかついてないんだろう。糸居は元ファッションモデルの美女の世話をしてるはずだと言ってたんでね。その女の名前までは明かさなかったけどさ」

「一般警察官《ノンキャリア》の糸居が、そんな美女の面倒を見るほどの収入はないはずです。弱みのある連中から金をせびってることは間違いないんでしょうね」

「それは確かだろうな。てっきり糸居が琴姫《クンヒ》を愛人《レコ》にしてると思ってたが、そうじゃなかったんだろう」

「ええ、そうみたいですね」

「けど、糸居は琴姫《クンヒ》に日本の公安情報を売ってる疑いはあるな。リーダー、もう少し琴姫《クンヒ》をマークしてみようや。二人は『ソウルナイト』以外の場所で接触するかもしれないじゃないか」

「そうしましょう」

「腹が苦しいな」

森岡がベルトを緩《ゆる》めた。

岩城たちは張り込みを続行した。利佳から岩城に電話がかかってきたのは、午後七時を回ったころだった。

「レンタルルームで長髪のウィッグを被った糸居はいったん駅のコインロッカーに戻って、ビニールの手提《さ》げ袋を空いてるロッカーに入れました」

「瀬島、糸居は別の服に着替えてたのか？」

「そうです。背広とワイシャツを脱いで、薄手の黒いタートルネック・セーターを着て、その上にパーカを羽織ってます。自由業っぽく見えましたね」

「そう。話の先を聞かせてくれ」

「はい。タクシーに乗った糸居はJR池袋駅近くにある四川《しせん》料理店に入りました。わたし、メイクをかなり濃くして、その店に入ったんですよ。すると、奥のテーブル席で糸居は方《ファン》という中国人男性と話し込んでました。わたし、化粧室に行くとき、テーブル席のそばに高性能の超小型盗聴マイクを仕掛けたんですよ」

「糸居と方《ファン》という中国人の会話、キャッチできたのか?」

「はい。方《ファン》は池袋一帯を縄張《シマ》りにしてる福建《フジエン》マフィアの幹部のひとりで、同胞たちの中国への不正送金を請け負って手数料を稼いでるようです。送金額の三から八パーセントの手数料を取ってるみたいですよ」

「約六十八万人の中国人が日本に住んでる。そのうちの三分の一が母国に不正送金してると言われてるから、不正送金代行はおいしいシノギなんだろう」

「そうなんでしょうね」

「瀬島、糸居はお目こぼし料を貰う目的で方《ファン》という奴に会ってるんだな」

「佃さんとわたしもそう思ったんですけど、お目こぼし料は糸居が指定した他人名義の銀行口座に振り込まれてることがわかりました」

「預金通帳の名義まではわからなかっただろうな？」

「ええ、残念ながら。でも、糸居が方《ファン》に会った目的はわかりました。四月末までにお目こぼし料を新たに三百万円用意しなければ、不良外国人の犯罪を取り締まってる組対一課に不正送金ビジネスのことをリークすると方《ファン》を威《おど》してました」

「方《ファン》は素直に要求を呑《の》んだのか？」

「自分の一存では決められないことなので、老板《ラオバン》（親方）の唐《タオ》に相談してみると即答を避けました」

「糸居は、それでは納得しなかったんじゃないのか？」

「そうです。糸居は声を尖《とが》らせて、新宿を根城にしてる上海マフィアに不正送金の客をそっくり奪えとけしかけると威嚇しました。方《ファン》は焦《あせ》って糸居の要求を呑むようボスの唐《タオ》を説得すると応じてました」

「福建省出身の不良中国人たちはだいぶ昔に上海マフィアに新宿から追い出されて、拠点を池袋に移した」

「ええ、そうですね。荒っぽい上海マフィアと戦争になったら、福建《フジエン》マフィアは潰されかねませんよね。といって、組対一課に不正送金ビジネスの件で摘発されたら、シノギが苦しくなるでしょう、結局、福建《フジエン》マフィアは糸居の言いなりになるほかないんじゃないんですか？」

利佳が言った。

「福建《フジエン》マフィアの連中は武闘派じゃないが、堅気じゃない。いつまでも糸居の言いなりにはならないだろう。そのうち、糸居は消されるかもしれないな」

「そんなことになったら、捜査本部事件の手がかりを得られなくなるわね。糸居がキーパーソンなんでしょうから、リーダー、糸居と方《ファン》の会話は録音してありますから、本家に動いてもらってもいいんではありませんか？」

「本家に糸居に任意同行《ニンドウ》をかけてもらっても、糸居は不正送金を恐喝材料にして福建《フジエン》マフィアから〝お目こぼし料〟をせびってたことをすぐに認めるとは思えないな」

「そうでしょうね。方《ファン》を追い込んで、糸居にたかられてた被害事実を認めさせましょうか。事が首尾よく運べば、糸居は観念すると思うんですよ」

「恐喝の件は認めたとしても、工藤殺しについては黙秘しつづけそうだな。糸居を追い込むのはもう少し先にしよう」

「わかりました。わたしが方《ファン》を追って、佃さんに糸居の動きを探ってもらうという作戦はどうでしょう？ ペアで捜査に当たるのが原則ですが、効率を考えると……」

「単独捜査は危険だよ。瀬島が方《ファン》を尾《つ》けてることを相手に覚《さと》られたら、福建《フジエン》マフィアのアジトに連れ込まれるかもしれない。身分がバレたら、おそらく瀬島は殺されることになるだろう。殺害される前に体を穢《けが》されるかもしれないな。部下をそんな形で殉職させたくないんだ」

「わたしが糸居を追って、佃さんに方《ファン》を尾行してもらい、糸居との黒い関係の証拠固めをしてもらうという作戦はどうですか？」

「優男も元暴力団係《マルボウ》だったんだから、方《ファン》に取り押さえられたりはしないだろう。しかし、方《ファン》が尾行者に気づいて手下を呼び寄せたら、佃は福建《フジエン》マフィアに取っ捕まって殺害される心配もある。役割《やくわり》をチェンジしたところで、危険すぎるよ」

「そうかもしれません。いいえ、そうでしょうね。軽はずみな提案をしてしまいました。ごめんなさい」

「いいさ。瀬島たち二人は糸居の動きを探りつづけてくれ」

岩城は指示して、通話を切り上げた。

「瀬島からの電話みたいだな」

森岡が確かめた。岩城は通話内容を明かした。

「糸居は不正送金につけ込んで、四月までに三百万円の追加を要求しやがったのか。その前におそらく一千万か二千万は毟《むし》ってるんだろうから、やくざ以上に性質《たち》が悪いな。現職警官がそこまでやるとは、世も末だ」

「森岡《モリ》さんが嘆《なげ》く気持ちはよくわかります。糸居はいい気になってると、そのうち福建《フジエン》マフィアの息のかかった者に命《タマ》を奪《と》られることになるでしょう」

「そうだろうな。糸居は福建《フジエン》マフィアにたかってるだけじゃなく、偽装国際結婚斡旋組織からも口止め料を脅し取ってる疑いがあるんだったね」

「ええ」

「そうした汚い金で韓国クラブやチャイナクラブを飲み歩いて、元ファッションモデルの若い女の面倒を見てやがるのか。ふざけた野郎だ」

「ええ、赦《ゆる》せませんね」

「リーダー、監察係長の工藤の事件《ヤマ》に糸居は深く関与してるんじゃないか。こっちの勘だと、糸居はクロっぽいね。警察学校で同期だった工藤を笹塚に始末させたのは糸居臭いな」

「その疑いはありますが、捜査本部と本家のこれまでの調べでは糸居は捜査線上に一度も浮かんでないはずです」

「参事官が用意してくれた捜査資料には、糸居に関する記述は一行もなかったな。サイバー犯罪対策課の課員は真面目なタイプが多いんで、それが盲点になったんじゃないか。捜査に甘さがあったんだと思うよ」

「そうなんだろうか」

「それはそうと、人事一課監察係の利根川管理官は、なぜいまになって部下の工藤が個人的に警察学校で同期だった糸居護の私生活を洗ってたようだと捜査本部《チョウバ》に教えたのかね。そいつが腑《ふ》に落ちないんだよな。リーダーはどう思ってた？」

「利根川管理官は、上層部の誰かに懲戒免職者を前年度よりも少なくしろと言われてたのかもしれませんね。被害者の工藤係長は古屋主任と一緒に捜二の星野敏と組対五課の秋葉義明の犯罪を暴《あば》きかけてたんで、さらに懲戒免職者を出すのはまずいと考えたから……」

「工藤が糸居護の私生活を洗ってる気配は感じ取っていたんだが、あえて余計なことは言わなかった？」

「多分、そうなんでしょう。しかし、部下の工藤が死んで二年が流れてしまった。このままでは故人がいつまでも成仏できないと思って、確信のある情報ではないが、ずっと胸に秘めてたことを捜査本部に話す気になったんじゃないんだろうか」

「リーダー、ほかに何か考えられない？」

「これは想像なんですが、利根川管理官は自分で密かに糸居護の私生活を洗って、恐喝めいたことをしてると確信を深めたのかもしれませんよ。で、捜査本部に情報を提供したんじゃないんですかね」

「そういうことだったのかもしれないが、なんか利根川管理官が捜査本部に情報を提供した時期に引っかかるんだよな。あまりにも情報提供が遅すぎる」

「それは否定できませんね」

「利根川管理官は保科首席監察官に気づかれないように用心深く動いて、何人かの悪徳警官の不正や犯罪を揉み消して、謝礼の金品を受け取ってたんじゃないのかな」

「それを熱血漢の工藤係長に知られてしまったんで、利根川管理官は誰かに紹介された笹塚に犯行《ヤマ》を踏ませたんではないかという筋読みですね？」

「そうなんだが、読みが見当外れかね？」

　森岡が真顔で問いかけてきた。

「管理官まで出世した者が監察対象者の悪事に目をつぶって、金品を得たいと思いますかね？　ある程度のポストに就くと、さまざまな誘惑には負けないように しようと戒《いまし》めるはずです。つまらないことで降格されたり、免職になったら、それこそ目も当てられないでしょ？」

「出世する奴は、たいてい自分がスキャンダルの主役になることを極端に恐れてる。何か疑われるような行動は慎んで、禁欲的《ストイック》に生きてるな。リーダーの読みのほうが正しいように思えてきたよ」

「そうですか」

「ところで、星野と秋葉は刺殺された工藤にそれぞれ犯罪の物証を押さえられてしまったと供述したのかね。そのあたりのことを神保参事官に訊いてみてくれないか」

「そうしてみます」

岩城は懐からポリスモードを取り出して、神保に電話をかけた。ワンコールで、通話可能状態になった。

岩城は捜査の経過報告をしてから、気になっていた事柄に触れた。

「捜査本部と本家から上がってきた報告によると、星野と秋葉はおのおの犯罪の物証を工藤警部に握られたという感触を得てたらしいよ。それだから、二人とも不安で仕方がなかったと供述したそうだ」

「そうですか」

「しかし、工藤が二人の犯罪の確証を得てたのかどうかはわからないと言ってたそうだよ。工藤は星野と秋葉の犯罪の立件材料をどこかに保管してあるんだろうが、その場所は未亡人をはじめ人事一課長、首席監察官、担当管理官、主任も教えられてなかった」

「ええ、そうですね」

「岩城君、サイバー犯罪対策課の糸居護が星野と秋葉の犯罪の証拠を工藤警部から預かってたとは考えられないかね。二人は警察学校で同期だった縁で、その後も交友を深めてたようだから」

神保が言った。

「参事官、それは考えられないと思います。工藤監察係長は職務とは別に糸居護の私生活を調べてたんです。何か悪事に手を染めてる疑いのある糸居に星野や秋葉の犯罪の立件材料を預けるとは考えにくいでしょう？」

「なるほどね。警察学校時代から親しくしてた相手といっても、糸居は不正送金ビジネスで手数料を稼いでる福建《フジエン》マフィアの収益《アガリ》の上前をはねてた疑いがあったわけだ。どんなに仲がよかったとしても、正義感の強かった工藤警部が大切な証拠品を糸居に預けたりしないだろうな」

「ええ、そう思います」

「工藤警部がどこかに隠した星野たち二人の立件材料が見つかっても、本件の解決には役立たない。そっちは本家の捜査員に探させるから、『シャドー』の四人は笹塚に工藤殺しを依頼した人物を割り出してくれないか。そいつは自分の手こそ汚してないが、捜査本部事件の首謀者なんだ」

「もう少し時間を与えてください。チームで必ず事件の黒幕に迫ります」

岩城は電話を切った。

ちょうどそのとき、鮨屋から琴姫《クンヒ》が現われた。連れの五十五、六歳の男は小柄で、琴姫《クンヒ》と身長は変わらなかった。

「一緒に店から出てきたのが八木だよ」

森岡が言った。岩城は黙ってうなずき、二人を目で追った。

琴姫《クンヒ》と八木は肩を並べて歩きだし、百数十メートル先のセレクトショップに入っていった。人気デザイナーが手がけた服、バッグ、靴、アクセサリーがショーウィンドに陳列されている。いずれも高価だった。

「八木は琴姫《クンヒ》に高いプレゼントを贈って、なんとか口説くつもりなんだろうな。糸居とお気に入りのホステスがデキてないと知って、俄然《がぜん》、張り切ったんだろうよ。四十代のこっちよりも、ずっと元気だね。女好きのおっさんは、それだけエネルギッシュなんだろうな」

「森岡《モリ》さんも張り合って、熟女を口説きまくったら？」

「母親役もやってるわけだから、そんなエネルギーはないよ」

「そうでしょうね」

会話が熄《や》んだ。

琴姫《クンヒ》が連れとセレクトショップから出てきたのは、およそ三十分後だった。八木は黒い大きな紙袋を手にしていた。中には、琴姫《クンヒ》に買い与えた衣類が入っているにちがいない。

琴姫《クンヒ》はプレゼントが気に入ったのか、八木と腕を絡《から》めた。八木がにっこりと笑った。

二人はタクシーに乗り込んだ。

岩城はタクシーの後を追った。タクシーが停まったのは、赤坂の田町《たまち》通りにある白っぽい飲食店ビルの前だった。二階に『ソウルナイト』があるはずだ。

タクシーを降りた二人は、飲食店ビルの中に消えた。腕を組んでいた。

「糸居が韓国クラブに顔を出すかもしれません。森岡《モリ》さん、少し張り込んでみましょう」

岩城はスカイラインを暗がりに寄せた。

4

張り込みは無駄になるのかもしれない。

悪い予感が岩城の胸を掠《かす》めた。間もなく午後九時半になる。助手席の森岡は生欠伸《なまあくび》を嚙み殺していた。

岩城の懐で、ポリスモードが鳴った。発信者は佃だった。

「いま糸居は大久保《おおくぼ》にいます。方《ファン》と別れた後、タクシーで大久保に来たんですよ」

「大久保で誰に会ってるんだ？」

「糸居は大久保通りに面した多田《ただ》ビルの四階にある『ワールド芸能プロ』に入ったまま、まだ出てきません」

「『ワールド芸能プロ』のことを調べたか？」

「ええ。社長は浅利紀勝《あさりのりかつ》、五十九歳です。二十年あまり前からフィリピンやタイで若い女をリクルートして、六大都市のパブやスナックに送り込んでた男です。興行ビザで日本に入国させて歌手やダンサーと称させていましたが、売春ホステスとして働かせてたんですよ」

「浅利は素っ堅気じゃないんだろうな？」

岩城は訊いた。

「浅利は二十代のころに博徒系の組の準構成員でしたが、正式には盃《さかずき》を貰ってませんね。前科《マエ》はありませんでした」

「そうか」

「東南アジア系のホステスの人気がなくなると、浅利はロシア、ウクライナ、ベラルーシ、ルーマニア、リトアニアなどから白人女性を集めて飲食店に送り込むようになったんですよ。でも、広域暴力団をバックにしてる同業者から営業妨害されて商売ができなくなったみたいです。それで、七、八年前から偽装国際結婚の斡旋をメインのビジネスにするようになったことは聞き込みで確認しました」

「そうか。浅利は高齢の日本人男性、失業者、ネットカフェ難民と主に中国人女性を形だけ結婚させてるんじゃないのか?」

「そうです、そうです。日本で働いて豊かになりたいと願ってる農村部出身の中国人女性に日本円で三百五十万円も払わせ、戸籍を汚してもかまわないという日本の男を紹介してるんですよ」

「偽装結婚した中国人女性はオーバーステイで自分の国に送還される心配がなくなったんで、手っ取り早く稼げるホステス、風俗嬢なんかをやってるんだな」

「そうなんです。体を売ってる女が多いと思いますよ。そうでもしないと、日本に来る前に借金した金はなかなか返せませんからね」

「だろうな。偽の夫になった男たちは、浅利から謝礼を貰ってるんだ?」

「正確な額はわかりませんが、謝礼は八十万円前後でしょうね」

「その程度の金で自分の戸籍を汚す連中がいるのか」

「どの男も生活に困ってたんでしょうから、一時凌《しの》ぎの金が欲しかったんだと思います」

「そうなんだろうな。戸籍を汚したくはなかったんだろうが、飢え死にしたくなかったにちがいない」

「浅利が声をかけた男たちの大半は血縁者や友人とは疎遠《そえん》になってたでしょうから、戸籍が汚れることなんかなんとも思ってなかったんじゃないですか」

「そうなのかもしれないな」

「糸居は浅利の違法ビジネスを嗅ぎつけて、たびたび口止め料をせびってきたんでしょう。きょうも、浅利から金を吸い上げる気なんじゃないのかな」

「そうなんだろう」

「浅利に被害届を出させれば、糸居を追い込めるんじゃないですか」

佃が言った。

「浅利は素っ堅気じゃないんだから、偽装国際結婚の斡旋をしてるなんて認めないだろう。糸居にしたって、浅利の儲けの一部を脅し取ってるなんて白状するわけないよ」

「そうですかね」

「焦れったいだろうが、瀬島と一緒に糸居の動きを探りつづけてくれ」

「了解です」

「糸居が朴琴姫《パククンヒ》目当てに『ソウルナイト』に通ってることは確かなんだろうが、二人はまだ親密な関係じゃないようなんだよ」

岩城はそう前置きして、森岡が鮨屋で耳にした琴姫《クンヒ》と八木という客の遣り取りを手短に語った。

「ホステスはたとえ彼氏かパトロンがいても、店の客にはそのことは絶対に言わないでしょう？　正直に男関係のことを喋ったら、客の大半はもう自分を指名してくれなくなりますからね」

「おまえは、琴姫《クンヒ》が嘘をついたと思ってるんだな」

「ええ、そうですね。糸居は琴姫《クンヒ》ともう男女の仲なんでしょう。琴姫《クンヒ》は八木という男に糸居が元ファッションモデルの面倒を見てるようなことを言ってたらしいけど、それは作り話なんだと思いますよ」

「そうなのかな。おれの昔の話なんだが、あるクラブホステスにのめり込んで一日置きぐらいに店に通ったことがあるんだ。アフターに何度かつき合ってくれてから、相手はおれに体を許した」

「深い仲になったら、毎晩でも相手に会いたくなったんじゃないですか」

「まあね。しかし、相手はホテルを出るときに今後は店に来ないでくれと言ったんだ。外でデートをしようと言われたんだよ。一線を越えた男が店に来たら、ほかの客たちに気取《けど》られて商売がしにくくなると……」

「ああ、なるほど。ホステスは自分を指名してくれる客たちに嫌われたら、売上が落ちてしまいますからね」

「もし琴姫《クンヒ》が糸居に抱かれてたとしたら、店の外で会おうと言うんじゃないかな。糸居は元ファッションモデルを囲ってるのかもしれないが、琴姫《クンヒ》にも心惹《ひ》かれてるんだろうな。で、『ソウルナイト』によく飲みに行ってるんだと思うよ」

「琴姫《クンヒ》のほうは、糸居のことを上客のひとりと思ってるだけなんですかね」

「そうなんじゃないか。糸居が元ファッションモデルとつき合ってるという話が事実なら、その彼女に接触したいな。糸居が工藤殺しに絡んでるかどうか探れるかもしれないじゃないか」

「ええ、そうですね」

「おれは客になりすまして、琴姫《クンヒ》を指名してみるよ」

「糸居が面倒見てる元ファッションモデルのことを聞き出せるといいですね」

「そうだな。おまえら二人は、引きつづき糸居の尾行を頼む」

「わかりました」

佃が先に電話を切った。

岩城はポリスモードを上着の内ポケットに突っ込み、佃からの報告を森岡に伝えた。

「糸居は福建《フジエン》マフィアと偽装国際結婚斡旋で荒稼ぎしてる浅利って奴から汚れた金を吸い上げて、チャイナクラブや韓国クラブを飲み歩いてるわけか。さらに、元ファッションモデルの面倒を見てるようなんだよな？」

「ええ」

「糸居はとことん堕落しちまったんだろう。警察学校で同期だった工藤に見放されたって、仕方ないやな。リーダー、やっぱり糸居は臭いよ。笹塚と間接的な接点があったら、捜査本部事件の首謀者なんだろう。ただ、糸居が弁護士の栗林と東都医大の真崎教授の致命的な弱みを押さえて、笹塚を心神喪失者に仕立てさせることができたのかどうかだ」

「ええ、そうですね。森岡《モリ》さん、おれは『ソウルナイト』の客に化けて、ちょっと琴姫《クンヒ》に鎌をかけてみます」

「糸居が世話をしてるという元ファッションモデルの女を探り出す気なんだ？」

「そうです」

「車の運転はこっちがやるから、リーダー、ちょっと飲んできなよ。オードブルも喰ったほうがいいな。こっちは高い鮨をたらふく喰ったが、そっちは空腹のはずだからさ」

森岡が言った。岩城は曖昧に笑って、スカイラインの運転席から出た。

少し歩いて飲食店ビルに入る。岩城は二階に上がって、『ソウルナイト』に足を踏み入れた。

黒服の若い男がにこやかに近づいてきた。

「いらっしゃいませ。おひとりさまですか？」

「そう。ここは会員制のクラブなのかな」

「一応、メンバーズになっていますが、フリの方も大歓迎です」

「言葉に癖がないな。そっちは日本人なのかい？」

「そうです。オーナーとホステスは韓国人ですが、男性従業員はすべて日本人なんですよ」

「それなら、安心して飲めるな。ここは大学の先輩に美人ホステス揃いだから、一度覗いてみなと言われたんで来てみたんだ」

「そうなんですか。お席にご案内いたします」

「よろしく！」

岩城は黒服の男の後《あと》に従った。フロアは広かった。照明の光度は程よい。

ボックス席が二十近くあり、ほぼ満席だった。岩城はさりげなく店内を眺め渡した。左奥の席に琴姫《クンヒ》と八木が坐っている。ぴったりと身を寄せ合っていた。

琴姫《クンヒ》はラメ入りのエメラルドグリーンのドレスをまとっていた。剝き出しの白い肩がなまめかしい。

化粧室近くの席しか空いていなかった。

岩城はソファに腰を落とし、スコッチウイスキーの水割りと数種のオードブルを注文した。黒服がいったん下がり、ほっそりとした二十三、四歳のホステスを伴って戻ってきた。

「すみれさんです。以前は韓国名の源氏名《げんじな》で出てたんですが、お客さまが憶《おぼ》えにくい名だとおっしゃるんで、日本名を使わせてもらってるんですよ」

「すみれでーす。よろしくお願いします」

「明るそうだね」

岩城は細身のホステスを横に腰かけさせ、好きなカクテルをオーダーさせた。黒服の男が一礼して、ゆっくりと遠ざかっていった。

すみれと雑談を交わしていると、飲みものとオードブルが運ばれてきた。岩城はすみれとグラスを触れ合わせた。

「どなたか指名されたんですか？」

「いや、まだだよ。後で琴姫《クンヒ》さんに席についてほしいんだ。大学の先輩が琴姫《クンヒ》さんにのぼせてるみたいだから、その韓国美人を近くで拝ませてもらいたいんだよ」

「お客さんの先輩は糸居さんでしょ？」

「そう」

「糸居さんは琴姫《クンヒ》さんのことが好きみたいですけど、ゲットするのは難しいでしょうね」

「琴姫《クンヒ》さんには恋人がいるのかい？」

「ええ、まあ。でも、大切な相手は男性じゃないんですよ」

「レズなのか、琴姫《クンヒ》さんは」

「そうです。いまの話は内緒ね。琴姫《クンヒ》さんは北の出身なの。子供のころからかわいい顔してたから、十五、六のときに軍の偉い人に気に入られて……」

「体を弄《もてあそ》ばれてたんだな？」

「そうなの。だから、琴姫《クンヒ》さんは男嫌いになっちゃったらしいんですよ」

「気の毒だな」

「わたしも、そう思います。親兄弟に申し訳ないと思いながら、脱北したようですよ。辛かったでしょうけど、ひどい目に遭《あ》ったんです。祖国を棄《す》てても仕方ないでしょう」

「そうだね。中国かモンゴルに逃げて、東南アジア経由で韓国に亡命したんだろうな」

「ええ、そう聞いてます。韓国で自由な生活ができるようになったんですけど、脱北者を北のスパイと疑ってる韓国人もいるんですよね。だから、日本で伸びやかに暮らす気になったみたいですよ」

「脱北者になりすました北の工作員が韓国に潜り込んでるという話をどこかで聞いたことがあるが、琴姫《クンヒ》さんは独裁国が送り込んだスパイだとは考えられないのかな」

「そうだったら、韓国の情報機関の人が琴姫《クンヒ》さんを四六時中、監視してるはずですよ。場合によっては、拉致《らち》するでしょう。でも、誰かにマークされてるような気配はまったくうかがえません」

「そう」

「日本に潜入してる北の工作員が琴姫《クンヒ》さんと接触しようとしたこともないと思います。いただきますね」

すみれがイベリコ豚の生ハムを食べてから、カクテルグラスを傾けた。岩城もスモークドサーモンを口に入れ、オールド・パーの水割りを喉に流し込んだ。

「お客さん、わたしが顔を整形してるように見えます？　ほら、韓国は美容整形手術が盛んなことで有名でしょ？」

「そうだってね」

「だから、お店のお客さんの多くが目や鼻をいじってもらったんじゃないかと疑ってるんですよ。長めの付け睫毛《まつげ》を使って鼻が高く見えるようなメイクをしてますけど、わたし、美容整形手術なんか受けたことはありません。本当なんですよね」

「おれは、きみの言葉を信じるよ」

「嬉しい！」

「日本の男と恋愛したことはあるのかな」

「一度あります。でも、食文化が違うんで一年も保《も》ちませんでした。その彼、辛いものが苦手なんですよ。キムチも駄目だったの」

「それは残念だったね」

二人は取り留めのない話をつづけた。

共通の話題は多くなかった。しばしば会話は途切れた。

二人の間に幾度めかの沈黙が落ちたとき、すみれに指名がかかって別のテーブルに移っていった。岩城はフロアマネージャーを呼び、琴姫《クンヒ》を指名した。八木に睨まれそうだったが、のんびりとは構えていられない。

紫煙をくゆらせていると、琴姫《クンヒ》が岩城の席にやってきた。香水が甘く匂った。

岩城は平凡な姓を騙《かた》って、琴姫《クンヒ》を向かい合う位置に坐らせた。好きなカクテルを選ばせ、水割りウイスキーのお代わりをする。琴姫《クンヒ》はマンハッタンという名のカクテルを選んだ。

「この店は初めてなんだ。大学の先輩の糸居さんに女優みたいなホステスがいると言われて、琴姫《クンヒ》さんに会いに来たんですよ」

「糸居さんはオーバーです。わたし、そんなに美人ではありません」

「いや、美女だよ。糸居さんはきみに心を奪われたんだろうが、浮気性だな。先輩は元ファッションモデルと親しくしてるのに、きみに言い寄るつもりなんだろうから。その彼女、なんて名だったかな」

「何年か前に『ハンサムガール』というファッション誌の表紙モデルをやってた入江舞衣《いりえまい》という女性だったと思います。糸居さんは逆ナンパされたことがいまだに信じられないと不思議がっていました」

「先輩がしつこく言い寄って、やっとモデルだった相手を手に入れてたと思ってたがな。逆に美女が積極的に糸居先輩に接近してきたのか。そのことは知らなかったな」

「そうですか。糸居さんは美女に好《す》かれたことに感謝してるから、元モデルのわがままはすべて聞いてあげるんだと言ってました」

「そんなことを言ってるのに、きみも口説こうなんて欲張りだな」

「糸居さんはわたしのことは話の合う女友達のひとりだと思って、よくお店に来てくれてるだけでしょう」

「確信ありげな口調だな」

「わたし、男性とは恋愛できないんですよ」

「本当に⁉」

「具体的なことは明かせませんけど、心的外傷《トラウマ》があって、同性にしか惹かれなくなってしまったんです」

「過去に何があったのか知らないが、それはある意味で不幸なことだな」

岩城は言葉に同情を込めた。

「ええ、そうでしょうね。ですけど、一生、男性に対する不信感と恐怖は消えないと思います。ノーマルな恋愛はできないでしょうね。無理をして異性愛をつづけても、相手の方も自分もハッピーにはなれませんから」

「相手の男がきみをかけがえのない存在と思ってたら、凍《こお》ったハートも……」

「難しいことでしょうね。それに、いまの自分はそれを望んでません」

「そう。愛の形は一つと決まってるわけじゃないから、自分に正直になったほうがいいんだろうな」

「わたし、そうすることにしたんですよ」

琴姫《クンヒ》が笑顔で言った。

そのとき、八木がテーブルにつかつかと歩み寄ってきた。表情が険《けわ》しい。

「おたくの指名料はわたしが払うから、琴姫《クンヒ》をこっちの席に戻らせてくれないか」

「八木さん、そういうわがままは困ります」

琴姫《クンヒ》が立ち上がった。

「失礼は承知だよ。でも、わたしは少しでも長く琴姫《クンヒ》にそばにいてもらいたいんだ」

「そう思っていただけるのはありがたいことですけど、ほかのお客さんを不愉快にさせるわけにはいきません。八木さん、もうお店に来ていただかなくても結構です。セレクトショップで買っていただいた服は、わたしが買い取らせていただきます」

「わ、悪かったよ。琴姫《クンヒ》、怒らないでくれないか」

「わたしに謝る前に、こちらのお客さまに詫《わ》びてください」

「失礼なことを頼んで、申し訳なかった。どうか勘弁してください」

八木が岩城に言って、頭《こうべ》を深く垂《た》れた。

「そろそろ帰ろうと思ってたとこだから、そんなに気にしなくてもいいんですよ」

「しかし……」

「こちらこそ初めての店で、人気ホステスさんを指名したのは厚かましかったかもしれません。琴姫《クンヒ》さんとゆっくりと過ごしてください」

岩城はフロアマネージャーにチェックを頼み、札入れを取り出した。勘定はそれほど高くなかった。

岩城は琴姫《クンヒ》に見送られて『ソウルナイト』を出た。表の夜気《やき》は粒立《つぶだ》っている。寒い。

森岡はスカイラインの運転席に移っていた。岩城は助手席に乗り込み、韓国クラブでの収穫を真っ先に伝えた。

「元モデルの入江舞衣って美女が、平凡な四十男の糸居を逆ナンパするわけないな。その女は何か企《たくら》んでて、糸居に計画的に近づいたんじゃないか」

森岡が言った。

「そう疑えますね。糸居が汚れた金を得てることを知って、入江舞衣は恐喝の共犯者になる気になったんだろうか」

「堅気の若い女は、そこまで考えないと思うぜ。入江舞衣を背後で操《あやつ》ってる人間がいるにちがいないよ。リーダー、元ファッションモデルの身辺を調べてみようや」

「ええ、そうしましょう」

岩城は大きくうなずいた。

それから間もなく、懐で刑事用携帯電話《ポリスモード》が着信音を発した。岩城はポリスモードを摑み出し、ディスプレイを見た。発信者は利佳だった。

「リーダー、思いがけない展開になりました」

「何があったんだ?」

「浅利の事務所から出てきた糸居が雑居ビルの脇道に入ったとたん、暗がりに身を潜めてた福建《フジエン》マフィアの幹部の方《ファン》が飛び出し、青龍刀でいきなり……」

「糸居の首を切り落としたのか?」

「そうです。首は皮一枚で繫《つな》がってましたから、正確には切り落としたとは言えないでしょうね。糸居は棒のようにぶっ倒れて、それきりまるで動きませんでした」

「即死に近かったはずだ。で、方《ファン》はどうしたんだ?」

「血みどろの青龍刀を胸に抱え込むと、近くに待機してた黒いRV車に乗り込み、あっという間に逃げていきました。とっさに佃さんがRV車を走って追いかけたんですけど、逃走を防ぐことはできませんでした」

「福建《フジエン》マフィアはこの先も糸居に不正送金ビジネスの儲けの何割かを脅し取られると判断して、悪徳警官を始末することにしたんだろう」

「そうなんだと思います。浅利の事務所に行って、糸居護の恐喝の詳細を喋ってもらいましょうか？」

「いつまでも殺人事件の現場付近にいるのは、よくないな。今夜は、いったんアジトに戻ってくれ。森岡《モリ》さんとおれも、これから『エッジ』に向かうよ」

岩城は通話が終わると、糸居が方《ファン》に斬殺《ざんさつ》されたことを話しはじめた。

「なんてこった」

森岡が忌々《いまいま》しげに言って、スカイラインを走らせはじめた。糸居が殺されたことで、捜査の手がかりを得にくくなってしまった。

岩城は唸《うな》って、拳《こぶし》を掌《てのひら》に打ちつけた。

第五章　堕落の構図

1

路面の血痕は完全には消えていなかった。

大久保通りから一本逸《そ》れた脇道だ。岩城は屈《かが》み込み、路上に目を向けていた。すぐそばに佃が立っている。

前夜、糸居護が殺された事件現場だ。午後二時すぎだった。

犯人の方一青《ファンイーチン》は指名手配中だが、まだ逮捕されていない。付近の防犯カメラに犯行の一部始終が映っていたことで、昨夜のうちに犯人は判明した。

当然、所轄署刑事課と警視庁機動捜査隊は豊島《としま》区要町《かなめちょう》二丁目にある方《ファン》の自宅マンションと福建《フジエン》マフィアのアジトに急行した。だが、殺人者はどちらにもいなかった。凶器の青龍刀も見つかっていない。逃走に使われたRV車もまだ発見されていなかった。

福建《フジエン》マフィアに限らず、上海、北京《ペキン》マフィア各派は結束力が強い。警察や日本の暴力団に追われた仲間をとことん庇《かば》う。方《ファン》を匿《かくま》う者は少なくないはずだ。逃亡犯はしばらく捕まらないかもしれない。

「糸居は追加のお目こぼし料を三百万も要求したから、方《ファン》に殺《や》られることになったんでしょうね」

佃が言った。岩城は無言でうなずき、ゆっくりと立ち上がった。

「元モデルの入江舞衣に逆ナンパされたことで、糸居は有頂天になったんだろうな。それだから、舞衣に贅沢《ぜいたく》をさせてやりたかったんだろう」

「そうだったんでしょうね。『ハンサムガール』の表紙を飾ってたときの舞衣は、超美人でした。その後は少し容色が衰えたかもしれませんが、大変な美女のはずです。そんな美女に誘惑されたら、四十男も狂っちゃうんでしょう」

「そうだろうな」

「それにしても、糸居は舞衣が何か企んでると疑いもしなかったんですかね」

佃が小首を傾《かし》げた。

「怪しんだことはあったんだろう。しかし、絶世の美女を失いたくなかったんで、疑念を捩《ね》じ伏せたんじゃないか」

「多分、そうなんでしょうね。瀬島と森岡《モリ》さんの二人が広尾《ひろお》の舞衣の自宅マンションを午前中から張ってるから、そのうち交友関係はわかるでしょう」

「と思うよ。おれたちは昼前に糸居宅に行ったんだが、機捜《きそう》の連中がいたんで、遺族に会えなかった」

「残念ですけど、あまり無理をしないほうがいいでしょうね。機捜のメンバーに『シャドー』の存在を知られたら、今後の捜査がやりにくくなりますから」

「そうだな。何か手がかりになるような証言があれば、神保さんがおれたちに教えてくれるだろう。よし、『ワールド芸能プロ』の浅利社長に会おうか」

岩城は部下に言って、脇道から大久保通りに出た。少し先の路肩にスカイラインを駐《と》めてある。

岩城たち二人は覆面パトカーの横を抜けて、多田ビルに入った。エレベーターで四階に上がり、『ワールド芸能プロ』を訪ねる。

出入口に接した事務フロアには、六卓の事務机が置かれていた。六人の男女がパソコンを操作している。

四十代と思われる女性社員が来訪者に気づいて、自席から離れた。岩城は警察手帳を短く見せ、社長の浅利紀勝との面会を求めた。

「手入れなんでしょうか？」

相手が緊張した面持《おもも》ちで問いかけてきた。

「違います。きのうの夜、すぐ近くの脇道で警視庁の現職警官が殺害されたでしょ？」

「え、ええ。驚きました」

「その事件の聞き込みですよ。こちらは、まともな会社なんでしょ？」

岩城は穏《おだ》やかに言った。

「もちろんです」

「それだったら、何もびくつくことはないと思うがな」

「わたし、おどおどしてました？」

「そう見えましたよ。もしかしたら、会社ぐるみで違法ビジネスをしてるのかな」

「そ、そんなことしてません」

「冗談です」

「びっくりさせないでくださいよ。少々、お待ちになってください」

女性社員が言って、奥の社長室に向かった。

社長室は独立した造りになっている。社長室の前には、観葉植物の鉢が三つも並んでいた。

少し待つと、女性社員が戻ってきた。

「お目にかかるそうです。どうぞ奥にお進みください」

「仕事を中断させて悪かったですね。ありがとうございます」

岩城は相手に謝意を表し、部下とともに社長室に足を向けた。

ドアを軽くノックして、先に入室する。佃がつづいた。

「ご苦労さまです。浅利でございます」

社長が両袖机から立ち上がって、如才なく自己紹介した。金壺眼《かなつぼまなこ》で、口髭《くちひげ》を生やしている。

岩城と佃は警察手帳を呈示し、姓だけを名乗った。二人とも所属課名は指で隠した。

「どうぞお掛けになってください」

浅利が総革張りの応接ソファを手で示した。色はオフホワイトだ。オフィスには似つかわしくない色だが、芸能プロの社長は目立つことが好きなのだろう。

岩城たちは長椅子に並んで腰かけた。

「コーヒーでよろしいですか？」

「どうかお構いなく」

「愛想なしでは申し訳ないな」

浅利が言いながら、岩城の前に腰を沈めた。

「早速ですが、すぐ近くの脇道で発生した殺人事件はご存じですよね？」

「ええ、もちろん。警察の車が何台もサイレンを響かせながら、次々にやってきましたから。報道によると、なんとかという警察官の首を青龍刀で刎《は》ねたのはチャイニーズ・マフィアの一員だったとか」

「あなたが被害者の名を知らないというのは、おかしいな」

岩城は薄く笑った。

「どういう意味なんでしょう？」

「殺害された糸居護は事件直前、この会社を訪れてる。そのことはわかってるんですよ。被害者は『ワールド芸能プロ』を辞した直後に殺されたんです」

「わたしが不良中国人を雇って糸居さんを始末させたと疑ってるんですか⁉」

浅利が声を裏返らせた。

「そう思ってるわけではありません。きのう、糸居がこのオフィスに来たことは認めますね？」

「は、はい。妙な疑いを持たれたくなかったんで、糸居さんのことは知らない振りをしてしまったんですよ。すみませんでした」

「社長はフィリピーナやタイ人女性を日本の飲食店に斡旋するビジネスでは儲からなくなったんで、違法な商売にシフトする気になったんですね?」

「ま、待ってください。この会社は真っ当なビジネスしかしてませんよ」

「偽装国際結婚のお膳立てをするのは合法なのかな。新たな法律ができたんだとすれば、こっちが不勉強だったことになる」

「………」

「急に黙り込んじゃいましたね。あなたが中国の農村部出身の女性から三百五十万取って、日本の高齢男性、失業者、ネットカフェ難民と形だけ結婚させてることはわかってるんですよ。戸籍を汚した男たちには八十万前後の謝礼しか払ってないようだね。残りは社長の懐に入ってたのかな」

「それは違う。中国で客を集めてる共産党の幹部とか軍人に礼金を渡してるんで、わたしの取り分は百五十万弱ですよ」

「つい口を滑らせてしまいましたね」

佃がにやついた。浅利が悔やむ顔つきになった。

「いま喋ったことは事実じゃないんです」

「自分、以前は本庁の組対にいたんですよ。浅利社長が二十代のころ、ある博徒系の組の準構成員だったことは調べ済みなんです」

「そのことを隠す気はないが、わたしが出入りしてた組は常盆《じょうぼん》のテラ銭だけでシノギを……」

「大正時代か昭和初期なら、そういう博徒一家もあったでしょうね。しかし、その後はテラ銭で遣り繰りできる組はなくなったはずです。愚連隊上がりの暴力団と同じように、さまざまな違法ビジネスで組織を支えてます。麻薬《ヤク》の密売に手を出さない博徒系組織があることは知ってますが、違法カジノ、管理売春、闇金、競売物件の不正取得、雑多な恐喝をシノギにしてます」

「………」

「準構成員だった浅利さんなら、法に触れる商売をしてたにちがいありません」

「そう考えるのは偏見だ。わたしは二十代の終わりには足を洗って、地道に生きてきたんだぞ」

「そんなふうに見えないな。糸居は、あなたが偽装国際結婚斡旋ビジネスで甘い汁を吸ってることを嗅《か》ぎつけた。殺された悪徳警官はサイバー犯罪対策課で、主に中国人による不正送金を摘発してたんですよ。それで、福建《フジエン》マフィアの連中が不正送金ビジネスで荒稼ぎしてることを突きとめたんでしょう。糸居が福建《フジエン》マフィアから一千万以上のお目こぼし料をせびったことは確認済みです。さらに追加の金を要求したんで、糸居は青龍刀で首を刎ねられたにちがいありません」

「……………」

「社長も、糸居に偽装国際結婚斡旋ビジネスのことを恐喝材料にされて口止め料を払いつづけてきたんでしょう？」

「糸居さんはサイバー犯罪の聞き込みで、わたしのオフィスに何度か訪ねてきただけです。後ろ暗いことなんか何もやってないし、糸居さんに金をたかられた覚えはないっ」

浅利が声を張った。佃が蕩《とろ》けるような笑みを浮かべ、無言で浅利の両の上瞼《うわまぶた》を突いた。

まともに二本貫手《ぬきて》を受けた浅利は喉の奥で呻き、目頭を押さえた。佃が敏捷《びんしょう》に長椅子から立ち上がり、浅利の背後に回り込んだ。

どうやら浅利にチョーク・スリーパーをかける気らしい。岩城は部下を制止しなかった。

佃が浅利の喉元に右腕を回し、すぐに力を加えた。浅利はあっさり意識を失い、ソファの背凭《もた》れに上体を預ける恰好《かっこう》になった。佃が両腕を浅利の腋《わき》の下に差し入れ、フロアに引き落とした。

岩城は長椅子から腰を浮かせ、応接ソファの裏に回り込んだ。浅利は身じろぎ一つしない。だが、呼吸はしていた。

「チョーク・スリーパーをかけても空とぼけつづけるようだったら、次は浅利の顎の関節を外します。いいでしょ？」

佃が許可を求めた。岩城は同意した。

数分後、佃が浅利の上体を引き起こして膝頭で思い切り相手の背中を撲《う》った。浅利が長く唸り、我に返った。

「糸居にどのくらい脅し取られたんです？」

「一円も払ってないよ。わたしは何も疚《やま》しいことなんかしてないんだから、強請《ゆす》られるわけないじゃないかっ」

「粘りますね」

佃が浅利を自分の方に向かせ、両手で頰を強く挟みつけた。

浅利が全身でもがいた。無駄な抵抗だった。じきに顎の関節が外れ、浅利は床をのたうち回りはじめた。

獣じみた声を洩らしながら、苦しげに転げ回る。そのたびに、涎《よだれ》が飛び散った。気が遠くなるほどの痛みを感じているはずだ。

岩城は頃合を計って、佃に目配せした。

佃が浅利を摑み起こし、顎の関節を元の位置に戻す。浅利が肺に溜まった空気を吐き出し、肩で呼吸を整えた。

「もう観念する気になったかな」

岩城は浅利に声をかけた。

「警察の人間がこんな荒っぽいことをしてもいいのかっ。違法捜査だろうが！」

「そうなんだが、世の中には法律が通じない連中がいるんでね。ダーティー・ビジネスをやってる浅利社長も、そのひとりだ。そういう犯罪者はまともな取り調べでは本当のことを話そうとしない。だから、仕方なく反則技を使ってるわけさ。まともな市民の人権は無視したりしないよ」

「若いころはグレてたが、いまは善良な人間なんだ」

「善良な人間だって？　笑わせるな。それはとにかく、おれたちのルール違反が勘弁できないって言うんなら、告発すればいいさ。その代わり、あんたの犯罪も露見することになるぞ。それでもいいのかな」

「そ、それは困る」

「だったら、肚《はら》を括《くく》るんだね」

「わかったよ。糸居は不正送金をチェックしてて、わたしが大連《だいれん》の中国人リクルーターとメールの遣り取りを頻繁にしてることを不審に思い、偽装国際結婚の斡旋の証拠を押さえたんだよ。だから、わたしは糸居の脅迫に屈してしまったんだ」

「総額で払った口止め料は？」

「四千数百万円のお目こぼし料を払ったよ」

「きのうも、金を無心されたんじゃないのか？」

「長く居坐られそうなんで、金庫から二百万出して糸居に渡してやったんだ。そうしたら、引き揚げていった」

「そうか。一応、訊くんだが、福建《フジエン》マフィアに糸居を殺《や》らせたんじゃないだろうな？」

「わたしは、そんなことさせてない。第一、チャイニーズ・マフィアとはまったく繫がりがないよ」

「質問を変える。糸居と警察学校で同期だった工藤という名の警部が、この会社に訪ねてきたことは？」

「そういう人物がオフィスに来たことはないね。ただ、糸居は尾行者をいつも気にしてて、ここから外の様子をうかがってから帰っていったよ」

「そうか」

「わたしは捜査に協力したんだから、偽装国際結婚のことには目をつぶってもらいたいんだ」

浅利が打診してきた。

「銃器と薬物関係の事案以外は、司法取引はできないんだ」

「それは知ってる。しかし、何事も例外があるじゃないか。なんだったら、おたくら二人に少しまとまった小遣いを渡してもいいよ」

「考えてみよう。きょうのところは引き揚げる」

岩城は気をもたせたが、裏取引に応じる気はなかった。時期を見て、所轄署に匿名で情報を流す気でいる。

「中国の女を抱きたいんだったら、五人でも十人でも回すよ」

「ありがたい話だね。お礼を言わないといけないな」

佃が笑顔で言い、浅利の腹部に鋭い蹴りを入れた。浅利が横に転がり、四肢を縮めた。

岩城・佃班は何事もなかったような顔で社長室を出て、足早に事務フロアを横切った。

二人は多田ビルを出ると、スカイラインに乗り込んだ。運転席には佃が坐った。

岩城は助手席側のドアを閉めた。

そのすぐ後、参事官の神保から岩城に電話がかかってきた。

「横浜中華街の知人宅に隠れてた方一青《ファンイーチン》が逮捕されたよ。不正送金のことで糸居に強請られつづけたんで、独断で犯行に及んだと供述してるということだったね。唐《タオ》の命令だった可能性もあるが、方《ファン》は自分で罪を負う気なんじゃないのかね」

「そうなんでしょう」

「岩城君、浅利社長は違法ビジネスの件で糸居にお目こぼし料を要求されてたことを認めたのか？」

「ええ。浅利の供述通りなら、糸居はトータルで四千四、五百万せしめたようです」

「悪党だな。殺されても仕方ないな。ところで、工藤警部が糸居の私生活を洗ってたという裏付《ウラ》けは取れたのかね？」

「いいえ、それは……」

「そうか。いったい笹塚を動かしたのは誰だったのかね」

「これまでに疑わしいと思われた者たちはシロで、首謀者は意想外な人物なのかもしれません。思い当たる者がいるわけではないんですが、ミスリードに翻弄されたのではないかという気もしてきたんですよ」

「言われてみれば、作為を感じさせる事柄が幾つかあったね」

「ええ」

「入江舞衣は売れないころ、六本木《ろっぽんぎ》の『トワイライト』というクラブで週に二度ほどホステスをやってたことがわかったんだ。それでね、外務省アジア大洋州局の石上勉《いしがみつとむ》次長、五十一歳の契約愛人を二年やってたんだよ。石上はキャリアなんだが、年に五千万、六千万の俸給を貰ってるわけじゃない」

「ええ。二年間の契約とはいえ、愛人を作れる余裕はないと思います。石上は何か悪事で別収入を得てたのかもしれませんよ」

「わたしも、そう思ったんだ。糸居は何らかの方法で石上の悪事を知ったんじゃないだろうか。それを察知した石上が舞衣にまとまった金を渡し、糸居に接近させた。そして、淫らな動画をこっそり撮《と》らせ、石上はそれを切札にしようとしたんじゃないのかね。しかし、糸居に警戒されて、切札になる映像を手に入れることはできなかった」

「工藤監察係長は糸居の私生活を探ってて、マークした男が元モデルの美女と親密な関係にあることに違和感を覚え、入江舞衣を尾行した。そして、外務省アジア大洋州局の石上次長との繋がりを知った。そんなふうに筋を読めば、笹塚を雇ったのは石上と疑えないこともないですね」

「そうだな。外務省の次長クラスなら、栗林弁護士や精神科医の真崎と何かのパーティーやクラブで顔見知りになっても不思議じゃない」

「ええ、そうですね」

「石上勉の顔写真と個人情報をきみのポリスモードに送信するから、外務省の次長をちょっと調べてみてくれないか」

「わかりました。メール送信を待ちます」

岩城は電話を切って、佃に通話内容を教えはじめた。

2

外務省本庁舎が夕闇に包まれた。

間もなく午後五時になる。岩城は佃とともにスカイラインの中から、人の出入りをチェックしていた。霞が関二丁目だ。

アジア大洋州局の石上勉次長が職場にいることは確かめてあった。部下の佃が全国紙の外信部記者に化けて、偽の取材申し込みをしたのだ。電話の向こうの石上は嬉しそうだったという。

一時間ほど前に利佳から岩城に電話があったが、入江舞衣は広尾の自宅マンションから出る様子はうかがえないという話だった。

「本家の連中は神保参事官の指示を受けても、すぐ動かなかったんですかね」

佃がステアリングを指先で叩きながら、もどかしそうに言った。

「そう焦れる《じ》なって。おれが参事官に本家の人間に石上勉の個人資産を調べさせてくれと頼んだのは三時間近く前だが、ついでに他のことも調べてくれてるんだろう。本家のメンバーはちゃんと動いてくれてるさ」

「そうなんでしょうけどね」

「方《ファン》に殺《や》られた糸居は、石上のどんな弱みを握ってたんだろうか」

「もしかしたら、外務省の石上次長は『ワールド芸能プロ』の浅利社長が偽装国際結婚斡旋ビジネスで荒稼ぎしてることを恐喝材料にして何年か前から多額の口止め料をたびたびせしめてたんじゃないんでしょうか」

「そうして得た金で六本木の『トワイライト』に通い、入江舞衣を契約愛人にしてたんではないかという筋読みだな？」

岩城は確かめた。

「ええ、そうです。そういう悪事を糸居に知られてしまったんで、舞衣を使って何か仕掛けることを思いついたんじゃないですか」

「エリート官僚がチンピラめいた恐喝《カツアゲ》をする気になるだろうか。プライドの高い連中だぜ」

「遊ぶ金がたくさん欲しければ、チンケなこともすると思いますよ。学校秀才たちは青春時代にはろくに遊んでなかったでしょうから、いい女にのめり込んだら、歯止めが利かなくなるでしょう」

「そうだと思うが、石上がその気になれば、糸居が不正な手段を使って副収入を得てたことを調べるのは可能だっただろう。警察官僚にまったく知り合いがいないとは考えにくいじゃないか」

「ええ、そうですね。糸居もダーティーなことをしてたとわかれば、対抗のカードを握れるわけか」

「そうだよ。石上はもっと致命的な弱みを糸居護に知られてしまったにちがいない。それだから、元契約愛人の入江舞衣に糸居を逆ナンパさせて、情事の動画を撮らせようとしたんじゃないのか」

「だけど、その計画は失敗に終わってしまったんですかね？」

「そうなんだと思うが、別の罠に糸居を嵌めたのかもしれないな」

「糸居が石上の致命的な弱みを知ったとしたら、外務省のエリート官僚は……」

「そのうち犯罪のプロに糸居を始末させる気でいたのかもしれないな。都合のいいことに、糸居は方一青《ファンイーチン》に殺害されてしまったわけだけどさ。石上はよかったと胸を撫で下ろしてるかもしれないな」

「そうですね。リーダー、石上勉が方《ファン》に糸居を抹殺してくれと頼んだ疑いはないでしょうか？」

佃が問いかけてきた。

「それはないだろう」

「でも、石上はアジア大洋州局の次長なんですよ。中国人の不正送金のことは当然、知ってるんじゃないですか」

「そうだろうが、エリート官僚がチャイニーズ・マフィアに借りを作るような愚かなことはしないさ」

「ええ、そうでしょうね。石上は糸居の事件《ヤマ》ではシロなのかな」

「そう判断してもいいだろうが、二年一カ月前の工藤監察係長殺しに絡んでる疑いはゼロじゃないだろう。工藤は糸居の私生活を調べてて、石上勉の致命的な犯罪を偶然にも知ってしまったと考えられなくもないからな」

「そうですね。ですけど、これまでの捜査資料によると、刺殺事件の加害者の笹塚と石上にはまるで接点がありませんでしたよ」

「ああ、そうだったな。しかし、石上が何らかの方法で実行犯の笹塚を見つけたとも疑えるじゃないか」

「そうなんですが、石上がヤメ検弁護士の栗林誠吾や精神科医の真崎恭太郎と繋がってたという裏付けはまったく……」

「これまでの調べでは、佃の言った通りだよな。しかし、捜査本部と本家の調べに抜けがあったのかもしれないぞ」

「そうだったとしたら、石上が弁護士や精神科医の秘密か弱みを押さえて実行犯の笹塚は犯行時、心神喪失状態にあったと虚偽の精神鑑定をさせた疑いがありますね」

「そうだな。さらに石上は、検察の弱点も握ったと考えられる。だから、検察側は再鑑定の必要を訴えもしなかった。笹塚は刑罰を免れ、八王子の精神科病院に強制入院させられた」

「ええ。でも、半月後に笹塚は入院先の庭で日向ぼっこ中に撃ち殺されてしまったんでしたよね」

「そうだな。石上勉が実行犯の口を永久に塞《ふさ》がせたのかもしれないし、仕組んだ精神鑑定に関わった栗林弁護士か真崎教授のどちらかが殺し屋《プロ》を雇ったんだろう」

「その三人のほか、検察の偉いさんも疑わしいでしょ？」

「佃、冴《さ》えてるな。確かに、おまえの筋読み通りだ」

「工藤警部と笹塚殺しの絵図を画《か》いたのは、石上勉なんですかね」

「まだ何とも言えないな。石上に他人《ひと》に知られたくない秘密があったら、シロかクロか判別できると思うよ」

「そうでしょうね」

「おれたち二人は、石上の動きを探ってみよう」

岩城は口を閉じた。

それから数分後、岩城の刑事用携帯電話《ポリスモード》が着信音を発した。手早くポリスモードを摑み出す。発信者は神保参事官だった。

「連絡が遅くなったが、本家のメンバーが調べてくれたよ。石上勉は杉並区方南《ほうなん》にある建売住宅を十六年前に四千万のローン付きで購入してるんだが、およそ一年前に千六百万の債務を一括返済してた」

「親の遺産が入ったなんてことはないんでしょう？」

「石上の両親は、まだ健在だよ。ローンをきれいにしただけじゃなく、石上は去年の五月に山中湖畔《やまなかこ》にある土地付きの別荘を三千七百万で購入してた。一括払いで、ローンは組まれてない」

「エリート官僚といっても、それほど高収入を得てるわけではありません。石上は何か悪いことをして、別収入があったんでしょう」

岩城は言った。

「そう疑えるね。それから、栗林と真崎が会員権を持ってる箱根のゴルフ場をビジターとして石上が使ったことは一度もなかったよ。もちろん、会員権も所有してない」

「ということは、石上は栗林弁護士や真崎教授とは接点がなかったわけですね」

「いや、石上と栗林弁護士には接点があったそうだ。どちらも北青山にあるスポーツクラブの会員で、たまに同じ日にプールで泳ぐこともあったらしい。会員同士なんだから、個人的なつき合いはなかったとしても顔見知りだったにちがいない」

「そうだったんでしょうね」

「石上が笹塚を雇って工藤監察係長を通り魔殺人に見せかけた後、弁護士の栗林に破格の謝礼を提示し、実行犯を〝無罪〟にしてもらえないかと相談したんじゃないだろうか」

「栗林は高額報酬に目が眩《くら》み、顔見知りの精神科医の真崎に笹塚が犯行時、心神喪失状態にあったと嘘の精神鑑定をしてもらったんではないか。そういう読みですね？」

「そう。岩城君、どうだろう？」

「元検事の栗林弁護士は充分に稼いでたと思います。著名な精神科医の真崎にも、同じことが言えるでしょう」

「どっちも金では悪事に加担しないのではないかってことだね？」

「ええ、そうです」

「なるほど、そうだろうな。となると、栗林と真崎は石上に何か大きな弱みを握られてしまったんだろうね。ちょっと待てよ。石上は東都医大の真崎教授とは接点がなかったんだな。石上が二人の弱点を押さえられるわけないと思うが……」

「確かに石上は、真崎教授とは一面識もなかったんでしょう。ですが、真崎が栗林と同じゴルフ場の会員権を持っていることを調べ上げることは可能でしょう？」

「うん、そうだね。弁護士と精神科医の両方に何か致命的な弱みがあれば、石上勉の命令に逆《さか》らえなくなるな」

「でしょうね」

「推測通りなら、外務省のエリート役人はとんでもない悪党だな」

「そうですね」

「本家のメンバーの調べによると、石上は同期入省のキャリア官僚の中では少し出世が遅いらしいんだ。そんなことで、出世レースで競《きそ》い合う気持ちがなくなったんで、名より実を取る気になったんだろうか。そして、不正な方法で副収入を得るようになったのかもしれないな」

「そうなんでしょうか」

「森岡・瀬島班は広尾の入江舞衣の自宅マンションの近くで張り込んでるはずだが、特に動きはないのかな？」

「ええ。舞衣は自宅マンションから一歩も出てないとの報告を受けてます」

「そうか。どちらかに何か動きがあったら、わたしに教えてほしいね」

神保参事官が通話を切り上げた。

岩城はポリスモードを懐に戻し、電話内容を佃に語った。

「リーダー、外務省職員にとって致命的な弱みというと、外交機密の漏洩《ろうえい》が真っ先に頭に浮かんだんですが……」

「おれも同じなんだが、石上はエリート役人のひとりなんだ。自衛隊の幹部がロシアや中国のスパイに軍事情報を流して金品を受け取ってた事案が何件かあったが、外務省のキャリア官僚が外国の工作員に嵌められたりはしないと思うよ」

「多くはそうでしょうね。ただ、若いころに遊んでない男は大人になってポストや金を得ると、遊びはじめるケースもあるでしょう？」

「ああ、そうだな」

「現に石上は、元ファッションモデルの入江舞衣にのめり込んで二年間ほど契約愛人にしてます。大企業の部長クラスもお気に入りのクラブホステスを摘み喰いしてるようですけど、何か危《ヤバ》いことで稼いで愛人を囲ったりはしないんじゃないですか」

「ま、そうだろうな」

「官僚になりたがるような男は堅物ばかりでしょうから、いったん魔性の女に魅《み》せられると、自分を見失っちゃうんじゃないですかね。悪い女にとっては、キャリア官僚なんかは最も騙しやすい相手でしょう。たやすく色仕掛けに引っかかるだろうし、ちょっと甘えれば大金も用意してくれるんじゃないかな。石上勉はカモにされやすいタイプなんで、女たちにうまく利用されてきたんでしょう」

「惚《ほ》れた女たちを繋《つな》ぎとめておきたくて、石上勉は犯罪で金を調達するようになった。そのことを工藤監察係長に知られてしまったんで、何らかの方法で知り合った笹塚を実行犯に選んだんではないのか。工藤は監察官だったわけだが、民間人や役人の犯罪にも目をつぶれなかったんだろうな……」

「ええ、そうなんでしょう。石上は後日、殺し屋《プロ》に笹塚を片づけさせたんじゃないんですかね」

佃が言った。

「石上が犯罪で別収入を得て自宅のローンを一括返済し、さらに別荘まで購入したことは間違いないと思うよ。しかし、キャリア官僚が誰かに不都合な人間を葬らせるほど開き直れるだろうか。国家公務員になって安定した暮らしを維持したいと願うなんて男は、根は小心者にちがいないよ。殺人教唆なんて罪を犯す度胸も覚悟もないだろうがな」

「わかりませんよ。真面目《まじめ》で気弱な銀行員がオンライン操作で二十億円近い金を横領した事例もありましたし、心優しいと評判の女性教師が同僚たちのお茶に毒物を混入させた事件もあったでしょ？」

「ああ、そんな事件があったな」

「生意気なことを言ってしまいますけど、どんな人間の心の中にも怪物が棲《す》んでるんじゃありませんか。悪魔と言い換えてもいいと思います」

「面白いことを言うね。佃、先をつづけてくれ」

「はい。大半の人間は、心の中のモンスターみたいなものを上手になだめ、暴れださないようにしてます。しかし、怪物か悪魔の力で捩《ね》じ伏せられてしまう者もいます。それが犯罪者たちなんでしょう」

「そうなんだろうな」

「教養のない者だけがモンスターめいたものに支配されるのではなく、高学歴のエリートたちも同じように邪悪なものに心を乗っ取られてしまう。つまり、どんな人間にもそうした弱さはあると思うんですよ」

「佃は職業選択を誤ったな。おまえ、教師になるべきだったよ。凄く説得力があった」

「リーダー、自分、真面目に話してるんですよ」

「別に茶化したわけじゃない。おまえの話には思わず釣り込まれたよ。確かにキャリア官僚だからって、どんなときも分別のある行動ができるわけじゃないだろう。代理殺人を依頼したことが発覚したら、身の破滅だとはわかっていても、なんとかその場を取り繕《つくろ》わなければいけないという焦《あせ》りに負けて最悪な選択をしてしまうケースもあるかもしれないな」

「そうでしょ？」

「でもな、やはり石上勉は殺人教唆まではやれないんじゃないか。何か根拠があるわけじゃないんだ。単に勘なんだがさ」

「リーダーの勘はよく当たるから、科学捜査の時代だけど、ちゃんと記憶に留《とど》めておかなきゃな。だけど、自分の勘では……」

「工藤殺しの首謀者は石上勉のような気がするんだな？」

「はい、そうです」

「佃の筋読みのほうが正しいのか。そうなのかもしれないな。おまえは組対《そたい》にいたころ、ヤー公絡みの殺人事件を所轄署の刑事たちと何件も解決させた。殺人捜査の場数《ばかず》も踏んでるんだから、おれこそ佃の筋読みを頭の中に入れとかなきゃな」

「リーダーは、やっぱり自分をからかってるんでしょう？　違いますか？」

「僻《ひが》むなって。素直にそう思ったんだよ」

岩城は微苦笑した。佃は疑わしそうな表情だったが、何も言い返さなかった。

外務省の建物から職員たちが三々五々、姿を見せるようになった。岩城は目を凝《こ》らしたが、石上の姿は見当たらなかった。

森岡から岩城に電話がかかってきたのは、五時半近い時刻だった。

「ようやく入江舞衣が部屋から出てきたよ。普段着じゃねえみたいだから、どこかで誰かと会うことになってるんじゃないかな」

「そうでしょうか。石上はまだ外務省本庁舎にいるんですよ」

「リーダー、舞衣はどこかに寄ってから石上に会うことになってるのかもしれないぜ」

「そうなんだろうか」

「二人がどこかで落ち合ったら、どちらかのコートのポケットに細工用の覚醒剤《シャブ》のパケを突っ込んで、取り調べてみようと思ってるんだ。瀬島は、ぎりぎりまで反則技は使わないほうがいいと言ってるんだがね」

「相手の二人は堅気なんです。半グレや組員じゃないから、その手は控えたほうがいいと思います」

「リーダーらしくないことを言うね。これまでは捜査対象者が何者であっても、汚い手を使ってきたのに」

「石上はキャリア官僚なんです。下手に騒ぎ立てられたりしたら、『シャドー』の存在を知られてしまうかもしれないでしょ? おれは、それを心配したんですよ」

「そうだったのか。おかしなことを言っちゃったな。勘弁してくれや」

「気にしてませんよ。密《みっ》に連絡を取り合いましょう」

岩城は電話を切った。

3

ようやく石上が職場から出てきた。

ちょうど午後七時だった。石上は外務省の真ん前でタクシーを拾った。

「追尾を開始します」

佃が小声で告げ、スカイラインを走らせはじめた。

岩城は、石上を乗せたタクシーから目を離さなかった。石上の目的地はどこなのか。逸《はや》る気持ちを抑《おさ》える。

タクシーは虎ノ門経由で赤坂見附方面に向かっている。赤坂のどこかで、誰かと落ち合うのだろうか。

岩城はそう見当をつけたが、タクシーは赤坂を走り抜けて四谷方向に走っている。石上がタクシーを降りたのは、ＪＲ四ツ谷駅の少し手前だった。新宿通りの反対側に渡り、目でタクシーの空車を探しはじめた。

「石上は来た道を引き返す気みたいですね」

佃が言った。

「どうやら尾行を警戒してるようだな。ということは、誰にも知られたくない人物と接触する予定なんだろう」

「自分も、そう思います」

「佃、慎重に石上勉を尾行してくれ」

岩城は口を結んだ。

その直後、上着の内ポケットで刑事用携帯電話《ポリスモード》が鳴った。岩城はすぐにポリスモードを摑み出した。発信者は瀬島利佳だった。

「いま、対象者《マルタイ》は西麻布《にしあざぶ》のダイニングバーにいます。昔のモデル仲間の女性と飲食中です」

「瀬島は森岡《モリ》さんと一緒に店内に入ったのか？」

「はい、そうです。森岡さんは二、三十代の客ばかりなんで、なんか落ち着かない様子です」

「そうだろうな。入江舞衣たちのテーブルとは離れた席にいるんだろう？」

「ええ。でも、例によって舞衣たちの席の近くに高性能マイクをさりげなく仕掛けましたんで、向こうの会話ははっきりと聴こえます」

「事件の手がかりになるような遣り取りは交わされてるのか？」

岩城は訊いた。

「それを期待してたんですけど、舞衣たち二人は近況を報告し合ってるだけですね」

「そうか。昔のモデル仲間は、いまも現役なのかな？」

「いいえ。二年前にベンチャー起業家と結婚したようで、現在は専業主婦みたいですよ。舞衣は自分も落ち着いた暮らしをしたいと昔のモデル仲間を羨ましがってました」

「そう」

「リーダー、電話を切らずにこのまま待っててください。いま石上のことが話題に上りましたんで……」

利佳の声が途切れた。

岩城は石上の姿を目で探した。ちょうどタクシーに乗り込むところだった。

佃が少し間《ま》を取ってから、石上を乗せたオレンジ色を基調にした目立つタクシーを追いはじめた。

「昔のモデル仲間が石上とはもう完全に切れたのかと舞衣に訊いたんですよ」

「舞衣はどう答えてた？」

「二年の愛人契約が切れてからは、男女の関係はなくなったと答えてました。でも、石上とは持ちつ持たれつの間柄だから、生活費には困ったことはないと言ってました。リーダー、舞衣は石上が不正な方法で別収入を得てることを恐喝材料にして、ずっと生活費を回してもらってたんじゃありませんか？　二年間、愛人を務めてたこともあるんで、石上は舞衣の要求を拒めなかったんでしょうね」

「そうなんだろう」

「あっ、それから舞衣は石上に協力してあげてるからとも言ってました。それは、方《ファン》に殺された糸居を誘惑してやったことを遠回しに言ったんでしょう」

「そう考えてもいいだろうな」

「舞衣は石上のことを〝ATM〟とも呼んでましたんで、外務省のキャリア官僚の危ない内職の内容まで知ってるんだと思います」

「そうなんだろうな。森岡《モリ》さんと一緒に舞衣をマークしつづけてくれ。おれたちは、タクシーに乗った石上を追尾中なんだ」

岩城は電話を切った。ポリスモードを懐に戻してから、佃に利佳から聞いたことを伝える。

「舞衣は石上と愛人契約が切れても、しっかり生活費をせびってたのか。やるもんだな。でも、当たり前ですかね。好きでもない糸居に接近して、抱かれてたんですから。体を汚した代償は石上に払ってもらわなきゃね」

佃が言った。

「そうだな」

「石上は学校秀才だったんでしょうけど、悪知恵はイマイチですね。舞衣を使って糸居を罠に嵌めようとしたみたいですけど、事はうまく運ばなかったんでしょ？」

「石上はそうしたかったんだろうが、入江舞衣のほうが悪女だったんだろうな」

「リーダー、どういうことなんです？」

「舞衣は糸居に何度も抱かれたにちがいない。情事の一部始終を隠し撮りするのは、さほど難しいことではなかったはずだ」

「そうでしょうね。石上にはなかなか隠し撮りはできないと言っておいて、福建《フジエン》マフィアや『ワールド芸能プロ』の浅利社長からお目こぼし料をせしめてた糸居からも舞衣は金を無心してたんでしょうか」

「多分、そうなんだろうな。そうしながら、入江舞衣は石上を〝ATM〟代わりにしてたようだから、たいした悪女だよ」

「そうなんですかね。糸居は舞衣の企みを見抜けなかったのかもしれないな。故人だから、舞衣に仕返しはできません。石上のほうは自分が利用されてたことに気づいたら、誰かに舞衣も片づけさせそうですね。キャリア官僚たちは病的なほど自尊心が強いから、虚《こ》仮《け》にされたら、逆上するでしょ？」

「考えられるな」

岩城は相槌を打った。

石上を乗せたタクシーは数十分走り、高輪《たかなわ》にある有名なシティホテルの玄関口に横づけされた。佃がスカイラインを車寄せの端に停止させた。

岩城は助手席から出た。すでに石上はタクシーを降り、ホテルのエントランスロビーに入っていた。岩城は駆け、回転扉を抜けた。視線を巡らせる。

石上はフロントの前に立っていた。岩城はロビーの中ほどまで進み、ソファに腰かけた。

石上がカードキーを受け取り、奥のエレベーター乗り場に足を向けた。佃が自然な足取りで館内に入ってきた。

岩城はソファから立ち上がり、エレベーター乗り場に急いだ。エレベーターは四基あった。

石上が左端の函《ケージ》に乗り込んだ。岩城はエレベーターを待つ振りをして、階数表示盤を見上げた。

ランプは十六階で停まった。石上が予約した部屋はまだわからない。岩城はフロントに向かって歩きだした。佃が大股で近づいてくる。

岩城は経過を簡潔に部下に伝えた。二人はフロントに歩み寄った。フロントマンは四人いた。

岩城は、チーフらしい四十歳前後のフロントマンに警察手帳を見せた。佃が倣《なら》う。

「少し前にカードキーを受け取った五十絡みの男は偽名で予約してると思うんですが、何号室に向かいました？」

「仙名《せんなりよう》僚さまは一六一五号室に行かれたはずです。偽名なんでしょうか？」

「ええ。彼の本名を明かすことはできませんが、ある殺人事件に関与してる疑いが濃いんですよ。ご協力、願えますね？」

「は、はい。仙名さまは大手製薬会社の研究員と宿泊カードにご記入されました。そのような方が殺人事件に関わっているとは思えませんが、何かの間違いではありませんか？」

フロントマンが岩城の顔を正視しつつ、訝《いぶか》しそうに言った。

「すでに状況証拠は揃ってるんですよ。まだ物証は得てませんが、ほぼ間違いないでしょう」

「そうですか」

「一六一五号室はシングルルームですか？」

「いいえ、ツインのお部屋でございます」

「仙名と称した男は、よくこのホテルを利用してるのかな？」

「きょうで、五度目ですね」

「連れの方は、直接、一六一五号室に行ってるのかな」

「はい、娘さんの仙名陽菜《はるな》さんは出張で名古屋《なごや》から上京される際《さい》に単身赴任されているお父さまと同宿されているのです」

「前回、父娘《おやこ》が泊まったのはいつなんです？」

「ちょうど一週間前でした。その前は三週間前でしたか」

「娘さんはたびたび出張で東京に来てるんですか。なんか不自然だな」

「わたくしもそう感じておりましたが、深く詮索するわけにもいきませんので……」

「そうでしょうね。仙名陽菜は何歳なのかな？」

「お父さまが同宿者のお名前を記帳されたのですが、続柄だけしか書かれませんでしたので、年齢や勤務先まではわかりかねます」

「そうですか。十六階のエレベーターホール付近には防犯カメラが設置されてますね？」

岩城は確かめた。

「はい。もう一台は奥の非常口の近くに設置されています」

「モニタールームに案内していただけませんか」

「わたくしの一存では決めかねますので、総支配人に相談させてください」

「そんな悠長《ゆうちょう》なことはいってられないんですよ」

かたわらの佃が、切迫《せっぱく》した声でフロントマンに言った。作り話をする気なのだろう。

「どういうことなのでしょう？」

「仙名と称している男の同宿者は娘なんかじゃなく、共犯者と思われます。自称仙名は部屋で共犯の女を殺害するかもしれないんですよ」

「えっ!?」

フロントマンが声を上擦《うわず》らせた。岩城は、ほくそ笑《え》んだ。佃の作り話を真《ま》に受けたにちがいない。

「客室で人が殺されたら、客足は遠のくはずです」

「わ、わかりました。モニタールームにご案内しましょう」

フロントマンがカウンターから離れた。

モニタールームは地下一階にあった。三人のホテル従業員が夥《おびただ》しい数のモニターを監視していた。いずれも、中高年男性だった。

「十六階の防犯カメラのモニターはあちらです」

フロントマンが指で示し、二人分の予備の椅子を用意した。岩城たちは礼を言って、椅子に腰かけた。

「何かございましたら、お声をかけてください」

フロントマンが自分の持ち場に戻っていった。

岩城たちコンビは監視員の斜め後ろから、モニターの画面を眺めつづけた。一六一五号室を訪れた二十八、九歳の女性が映し出されたのは、午後八時五十分ごろだった。

仙名陽菜と称している石上の同宿者だろう。岩城は監視員に画像を停止させ、肝心な場面を拡大させた。

謎の女は目鼻立ちが整っている。肉感的な肢体《したい》だった。石上が一六一五号室のドアを開けて、にこやかに女を迎え入れた。すぐにドアは閉められた。二人は親密そうに見えた。

女はクラブホステスではなさそうだ。岩城はポリスモードのカメラで、拡大画像を撮影した。

「これから、われわれは一六一五号室の様子を検《しら》べます。盗聴マイクを使うかもしれませんが、殺人を未然に防ぐためです。その点、ご理解いただきたいんですよ」

「警察に全面的に協力いたします」

五十絡みの監視員が緊張した顔で、なぜだか岩城に敬礼した。

岩城は笑いを堪《こら》えながら、佃よりも先にモニタールームを出た。少し遅れて出てきた佃は口許を手で押さえていた。

「佃、おかしかったな」

「ええ。無意識の行動だったんでしょうけど、自分、びっくりしましたよ。ところで、一六一五号室に入っていった美女ですが、少し日本人とは顔立ちが違う気がしませんか？」

「ああ、大陸系の顔に見えたな。参事官に謎の女の画像を送信して、何者か調べてもらおう」

　岩城はモニタールームから離れ、すぐに神保に電話をかけた。経過を報告し、問題の画像を送信する。

　コンビはエレベーターで十六階に上がった。早速、佃が一六一五号室の壁やドアに高性能集音マイクを押し当てはじめた。岩城は目隠し役を務めた。

「石上と女は英語で何か会話を交わしてます」

　佃がイヤホンを指で押さえながら、小声で告げた。

「どんな遣り取りをしてる？」

「女は石上に何度も礼を言ってます。あっ、首相と外相の数カ月先の予定を石上は女に教えたようです。外交機密情報を漏らしてるようですから、娘になりすましたのは中国の情報機関の工作員なのかもしれませんね」

「そう考えてもよさそうだな」

　岩城は、そう応じた。

　そのとき、エレベーターの扉が開く音がした。岩城は部下の肩口をつついた。佃がイヤホンを外し、盗聴マイクも隠した。

　二人は一六一五号室から離れ、エレベーターホールに戻った。途中で中年の夫婦らしいカップルと擦《す》れ違った。その二人は一六一八号室に入っていった。

岩城・佃班は、ふたたび一六二五号室に近づいた。また佃が室内の物音を盗み聴きしはじめる。

岩城は部下を隠すように立ち、あたりに目を配った。泊まり客は誰も部屋から出てこない。

「石上と女はディープキスをしてるようです。石上は喘《あえ》ぎ声で、相手の名を呼んでますね」

佃が低い声で言った。

「どんな名だった？」

「メイファンと呼んでました」

「名から推量して、中国人女性の下の名だろうな。多分、美芳と書いてメイファンと読むんだろう」

「そうなんですかね。あっ、女が『石上さんのこと、好きです。誰よりも愛してます』と日本語で言いました。滑《なめ》らかな日本語でしたから、日本《こっち》に何年か住んでるんでしょう」

「そうなんだろうな」

「これから一緒にシャワーを浴びるみたいですよ」

「そうか。その後、ベッドで抱き合うんだろう。佃、またエレベーターホールまで退《さ》がるぞ」

岩城は言うなり、先に歩きだした。佃が従《つ》いてくる。

二人は、エレベーターホールや通路からは見えにくい場所に隠れた。

神保参事官から岩城に電話がかかってきたのは、三十数分後だった。

「女の正体が判明したよ。楊美芳《ヤンメイファン》という二十八歳の中国人留学生だった。東大の大学院で物理学を勉強してる。来日したのは三年前だな」

「石上は、その美芳《メイファン》に日本の外交機密情報を流してるようなんですよ」

「やっぱり、そうか」

「参事官、どういう意味なんでしょう?」

岩城は問い返した。

「楊美芳《ヤンメイファン》の母方の伯父の馬劉天《マーリユウテイエン》、五十八歳は中国の国家安全部外事部門の幹部なんだよ。姪の美芳《メイファン》も北京大学で軍事心理学を修めてるんだ」

「ということは、工作員の疑いがあるんですね?」

「そうなんだ。だから、公安部外事二《ソトニ》課が留学生の楊美芳《ヤンメイファン》をずっとマークしてたらしいんだが、諜報活動をしてる様子は見られなかったんで、一年ほど前から警戒を緩めたらしいんだよ」

「そうなんですか」

「ただ、美芳《メイファン》らしき女性が深夜に中国大使館に入っていったという情報も外事二課《ソトニ》には寄せられてるそうなんだ。別の国の大使館付きの女性武官が民間人を装ってスパイ活動をしてた事例もある」

「ええ、そうでしたね。日本はスパイ天国なんて言われるほど世界各国の工作員がたくさん潜り込んでるから、楊美芳《ヤンメイファン》も疑わしいな」

「血縁者だけで固めた情報機関が中央アジアの小国にあるそうだから、伯父に説得されて美芳《メイファン》が女スパイになった可能性はありそうだな」

「参事官、美芳《メイファン》の自宅の住所を教えてください」

「えーと、自宅は文京区本郷《ほんごう》三丁目十×番地にある『メゾン本郷』の四〇五号室だね。しかし、外事二課の情報によると、そこには月に十日前後しかいないらしいんだ。ほかの日はウィークリーマンションを転々としてるようだな。おそらく公安刑事に二年ほど監視されたんで、塒《ねぐら》をちょくちょく変えるようになったんだろう」

「普通の留学生にはそんな金銭的な余裕はないでしょう。楊美芳《ヤンメイファン》は女スパイと考えてもいいと思います」

「外務省の石上勉は巧《たく》みに近づいてきた美芳《メイファン》の肉体の虜《とりこ》になってしまい、日本の外交機密を流しつづけてきたんじゃないのかね」

「いくらセクシーな美女でも、セックスだけでは取り込まれたりしないでしょう。きっと石上には中国側から高額な謝礼がもたらされてるにちがいありませんよ」

「そうなんだろうな。石上は同期のキャリア官僚よりも少し出世が遅いようだから、売国奴になって別の生き方をしようと思ってるのか」

「ええ、考えられますね」

「石上と美芳《メイファン》の動きを探りつづけてくれないか」

「了解です」

「岩城君、入江舞衣からは特に手がかりは得られてないんだね？」

「ええ」

「わかった。きみらは徹夜で張り込むことになってしまうかもしれないが、よろしく頼むな」

神保が電話を切った。

岩城はポリスモードを上着の内ポケットに収め、佃に通話内容を伝えた。

「そういうことなら、美芳《メイファン》は中国の女スパイ臭いですね。リーダー、一六一五号室の二人の様子をうかがってみましょうよ」

「そうするか」

岩城たち二人は、みたび一六一五号室に接近した。佃が盗聴しはじめる。

「二人はもうシャワーを浴び終えたのか？」

「ベッドの上で肌を貪《むさぼ》り合ってるようです。石上が美芳《メイファン》の股の間に入って、口唇愛撫に熱を入れてるみたいですよ。美芳《メイファン》は憚《はばか》りのない声で『すごくいい《チェンハオ》わ』と繰り返してます。五十男はオーラル・セックスに長《た》けてるでしょうから、美人スパイもつい我を忘れちゃうんでしょうね」

「おまえ、石上を羨ましがってるんじゃないのか」

「自分、それほど好色じゃありません」

「冗談だって。むくれるな」

岩城は笑顔で、佃の肩を軽く叩いた。

その直後、森岡から岩城に電話があった。

「リーダー、ダイニングバーを出て間もなく、入江舞衣が柄の悪い二人の男に黒いワンボックスカーに押し込まれて連れ去られちまったんだ」

「昔のモデル仲間も拉致されたんですか？」

「いや、その彼女と別れてから舞衣は車で連れ去られたんだよ。いま、ワンボックスカーを追跡中なんだ」

「森岡《モリ》さん、逃走車輌のナンバー照会は？」

「抜かりないよ。けどさ、ワンボックスカーは盗難車だったんだ」

「それでは追跡をお願いします」

岩城は電話を切り、長嘆息した。

4

ホテルの表玄関がよく見える。

岩城たちは、車寄せに駐《と》めたスカイラインの中にいた。一六一五号室を離れてから、およそ一時間十五分が過ぎた。

「石上と美芳《メイファン》は、もうナニし終わったころですかね。五十男のセックスはねちっこいでしょうが、第一ラウンドはすでに終了してるんじゃないですか」

「ああ、多分な」

「しばらくインターバルを置いてから、第二ラウンドをおっぱじめる気なんだろうな。美《メイ》芳《ファン》はともかく、石上にそんなスタミナはないかもしれませんが。それはともかく、二人は泊まるつもりなんでしょうかね」

「明け方にチェックアウトする気なんじゃないかな。石上は杉並の自宅で仮眠をとってから、登庁する気なのかもしれない」

「そうなのかな。美芳《メイファン》は朝まで部屋にいて、本郷の自宅かウィークリーマンションに戻るのか」

佃が呟いて、ビーフジャーキーを齧《かじ》りはじめた。

岩城たち二人は夕食を摂《と》っていなかった。捜査車輌には、非常食としてラスク、棒チーズ、ビーフジャーキー、清涼飲料水のペットボトルなどを積み込んである。

岩城もラスクを二枚食べ、清涼飲料水で喉を潤《うるお》した。

「張り込み中は飲食ができますけど、長時間の尾行のときの空腹は辛いですよね」

「そうだな。因果な仕事だが、佃も現場捜査が好きなんだろう?」

「ええ。できることなら、被疑者の送致手続きは別の誰かに代行してもらいたいですね。組対《そたい》にいたころは検挙数が多かったんで、たいがい午前中は書類作成に追われてました」

「そうだろうな。その点、殺人犯捜査係はデスクワークがあまり多くなかったんで、楽だったよ」

「でしょうね」

「『シャドー』が殺人事件を落着させても、表向きはチームの手柄になってないから煩《わずら》わしい書類作成はしなくてもいい。それはありがたいよな」

「ええ。それはそうと、森岡《モリ》さんと瀬島はワンボックスカーに追いついたんですかね。まだ高速を走行中なんだろうか」

「そうなのかもしれないな」

「入江舞衣を拉致しろと命じたのは、石上勉なんじゃないんですか。糸居は殺されて、もうこの世にいませんからね」

「そうだな」

「石上は契約愛人だった舞衣に裏の貌《かお》を知られてるし、もう利用価値がなくなったんで、ワンボックスカーの男たちに元モデルを始末させる気なんではないのかな」

佃が呟くように言った。

そのとき、岩城の刑事用携帯電話《ポリスモード》が鳴った。手早くポリスモードを懐から取り出す。発信者は瀬島利佳だった。

「リーダー、粘着テープで両手足を括《くく》られた入江舞衣がワンボックスカーの男たち二人に相模湖《さがみこ》に投げ込まれて……」

「救出できたのか？」

「いいえ、間に合いませんでした。森岡さんが二人の男に銃口を向けた直後、わたし、湖に飛び込んだんですよ。舞衣を湖岸に引き上げて人工呼吸と心臓マッサージをしたんですけど、心肺は停止したままでした」

「そうか」

「わたしがもっと早く湖に飛び込んでれば、元モデルは死ななかったのかもしれません。そう思うと、わたし……」

「瀬島、自分を責めるな。おまえは精一杯のことをしたんだ。何も落ち度はなかったんだから、悩む必要はないよ」

岩城は言った。

「でも、わたし、決断するのが遅かったんです。拉致犯の二人の身柄確保を森岡さんだけに任せるのは危険かもしれないと思ったんで、湖に入ることを一瞬ためらっちゃったんですよ。市民を守ることがわたしたちの務めなのに、『シャドー』のメンバーの命のほうが重いと考えてしまったんです。警察官失格ですよね」

「瀬島は一瞬だけ迷ったが、結局、暗い湖面に飛び込んで、入江舞衣を湖岸に引っ張り上げたんだ。立派だよ」

「わたしが湖にダイブしたとき、入江舞衣は必死にもがいてました。彼女は、まだ生きてたんですよ。わたしがもっと早く泳げてたら、舞衣は救《たす》かったでしょう」

「それはわからないぞ。瀬島は、できることはやったんだ。おれたちはスーパーマンじゃない。治安には努めなきゃならないが、人命を救えないことだってあるさ」

「そうなんですけど……」

「繰り返すが、瀬島には非なんかなかった。だから、思い悩むな。それより、森岡《モリ》さんが取っ捕まえた二人は何者だったんだ？」

「裏便利屋みたいですね。片方は鷲尾《わしお》、もうひとりは真鍋《まなべ》と名乗ってます。石上に入江舞衣を亡き者にしてくれれば、六百万円の成功報酬を払うと言われたんで、汚れ役を引き受けたと供述してます」

「神奈川県警には、まだ事件通報してないな？」

「ええ」

「拉致犯の二人を『エッジ』のトレーニングルームで取り調べよう。おれたちは、石上勉のいる部屋に押し入るよ。アジトで合流しよう」

「了解です。事件通報はしないほうがいいんですね？」

「ああ。入江舞衣の溺死体は夜が明ければ、誰かに発見されるはずだ」

「そうでしょうね。『エッジ』に戻ります」

岩城はポリスモードを上着の内ポケットに仕舞い、佃に通話内容を喋った。

「キャリア官僚が二人の裏便利屋に入江舞衣を始末させたようなんですか。石上は保身のため、笹塚悠輝に工藤監察係長を殺《や》らせたんではないのかな。さらに実行犯の笹塚も誰かに射殺させた疑いがありますよね」

「おれたち二人はサングラスをかけて、一六一五号室に押し入る。麻酔ダーツ弾で石上と美芳《メイファン》を眠らせたら、ホテルの備品室からシーツ回収用ワゴンを失敬するんだ」

「そのワゴンに二人を乗せて、部屋から運び出すんですね？」

「そうだ。ホテルマンの制服が手に入れば好都合だが、それは難しいだろうな」

「でしょうね。車をホテルの地下駐車場に入れたほうがいいんでしょ？」

「ああ、そうしてくれ」

「了解です」

佃がスカイラインを走らせはじめた。ロータリーを回り込み、ホテルの地下駐車場に通じるスロープを下《くだ》る。

部下は心得顔で、覆面パトカーをエレベーターホールに近い場所に駐めた。岩城たち二人は備品室が地下二階にあることを確認してから、十六階に上がった。

函《ケージ》を出るとき、どちらもサングラスで目許を覆った。一六一五号室に向かいながら、二人はラテックスの薄い手袋を両手に嵌《は》めた。

目的の部屋の前で足を止める。

「見張っててくれ」

岩城は部下に言って、上着のチケットポケットから万能カードキーを抓《つま》み出した。カードをスリットに差し入れれば、自動的に暗証番号を解読してくれる。FBIが開発したものに改良を加えた万能カードキーだ。

造作なくキーロックが解《と》けた。

岩城は万能カードキーをチケットポケットに戻すと、ノブを少しずつ回した。ドアを細く開け、一六一五号室に身を潜り込ませる。佃も入室した。

ベッドマットの軋《きし》み音が奥から響いてくる。

岩城は腰からテイザー銃を引き抜いた。佃もテイザー銃を握った。二人は足音を殺しながら、二つのベッドに歩《ほ》を進めた。

窓側のベッドの上で、全裸の石上と美芳《メイファン》が交わっていた。

女性騎乗位だった。美芳《メイファン》は張りのある白い尻を切なげにくねらせている。フラットシーツに仰向けになった石上は、結合部に右手を潜らせていた。痼《しこ》った陰核《クリトリス》を愛撫しているのだろう。

「敏感な突起がこりこりじゃないか。美芳《メイファン》、気持ちいいんだな？」

「ええ、チェンハオよ。石上さん、乳首も尖《とが》ってるでしょ？」

「いじってほしいんだな。それから、下からワイルドに突き上げてもらいたいんだろ？」

「ええ、そうして。わたし、とっても感じてる。もうすぐ来了《ライラ》しそうよ」

美芳《メイファン》が掠《かす》れた声で言い、大胆に腰を弾ませはじめた。

岩城は無言でテイザー銃の引き金を絞った。ワイヤー付きの砲弾型電極は、美芳《メイファン》の背に命中した。五万ボルトの電流を十秒ほど送る。

美芳《メイファン》は奇声をあげ、石上の上から転げ落ちた。

「誰なんだ!?」

石上が驚いて、上体を起こした。すかさず佃がテイザー銃を唸らせた。砲弾型電極は石上の胸に埋まった。石上が体を左右に振りながら、倒れ込んだ美芳《メイファン》の上に折り重なった。

「二人とも撃ち殺されたくなかったら、下着と服をまとえ！」

岩城は石上に命じた。石上は呻くだけで、返事をしなかった。

美芳《メイファン》はベッドから滑り降り、パンティーを穿《は》いた。それから彼女は這ってクローゼットまで進み、衣服を身につけた。

少し遅れて石上も命令に従った。

岩城はテイザー銃を腰に戻し、グロック32を引き抜いた。スライドを引くと、石上が全身を硬直させた。美芳《メイファン》はさほど怯《おび》えていない。やはり、中国の工作員なのだろう。

岩城は、石上と美芳《メイファン》を二人掛けのソファに坐らせた。

「おたくたちは、どこの誰なんだ？」

石上が震え声で問いかけてきた。

「こっちの質問に答えるだけにしろ」

「しかし……」

「一度死んでみたくなったのかな」

岩城は口の端を歪《ゆが》めた。

「撃つな、撃たないでくれーっ」

「死にたくなかったら、訊かれたことに正直に答えるんだな」

「わ、わかったよ。それで、おたくは何が知りたいんだ？」

「外務省のキャリア官僚は横柄だな」

「わたしのことを調べたのは、なぜなんだね？」

「あんたが警視庁人事一課の工藤和馬監察係長殺害事件の首謀者と疑えたからさ。そっちは二年一カ月前の一月九日の夜、笹塚悠輝を使って工藤警部を刺殺させたんじゃないのかっ、通り魔殺人を装わせてな」

「な、何を言ってるんだ⁉」

「空とぼける気か。工藤は警察学校で同期だった警視庁生活安全部サイバー犯罪対策課の糸居護を監察中だった。糸居は福建《フジエン》マフィアの不正送金や浅利という男の偽装国際結婚斡旋ビジネスに目をつぶってやり、多額のお目こぼし料をせしめてた」

「なんの話かわからないな」

「黙って聞け！　糸居は汚れた金で遊び、元モデルの入江舞衣と親密になった。その舞衣は二年間、あんたの契約愛人を務めてた。舞衣を知らないとは言わせないぞ」

「そんなことまで……」

石上がうつむいた。

「福建《フジエン》マフィアの幹部に青龍刀で首を刎ねられた糸居は、あんたが楊美芳《ヤンメイファン》のハニートラップにまんまと引っかかって、日本の外交機密を流してたことを知ってたと思われる。あんたは糸居に強請られてたんじゃないのか？」

「そんな覚えはないよ。嘘じゃない」

「だとしたら、あんたが外交機密を美芳《メイファン》に漏らしてることを糸居に教えたのは、入江舞衣なんだろう。舞衣は糸居とあんたの弱みにつけ込んで金をせびってた。そんな性質《たち》の悪い女をいつまでも生かしておくと、命取りになりかねない。そんなわけで、あんたは今夜、鷲尾と真鍋という裏便利屋に舞衣を始末させたんじゃないのか。その二人が両手足を粘着テープで括った入江舞衣を相模湖に投げ落として水死させたこともわかってるんだよ」

「えっ」

「図星だったか」

「舞衣は、わたしが彼女を契約愛人にしてたことを恐喝材料にして一億円出せと脅迫してきたんだ。際限《さいげん》なく強請られそうだったんで、ネットの闇サイトで見つけた鷲尾と真鍋の二人に舞衣の始末を頼んだんだよ」

「笹塚に工藤警部を刺殺させたのも、あんたじゃないのかっ。そして笹塚を葬らせたのも、そっちなんだろうが！」

「その二人の事件には、わたしは関与してない。本当なんだ。信じてくれ」

「あんたは、栗林弁護士と同じスポーツクラブに通ってる。栗林の何か弱みを握って、笹塚悠輝は犯行時、心神喪失の状態にしてやってくれと頼んだんじゃないのかっ。追い込まれたヤメ検弁護士は箱根のゴルフ場のクラブハウスで顔見知りになってた東都医大の真崎教授にインチキな精神鑑定をしてもらった。あんたは、八王子の精神科病院に強制入院させられた笹塚を殺し屋に射殺させたんじゃないのか。そうして都合の悪い人間を次々に抹殺しておけば、あんたが日本の外交機密を中国の国家安全部に売り渡して得た金で自宅のローンを一括返済し、山中湖畔にある別荘まで即金で買ったことも隠せると考えたんだろうな」

「横にいる美芳《メイファン》は、東大の大学院で勉強してる留学生なんだぞ」

「表向きはそうなってるんでしょうね」

ずっと沈黙を守っていた佃が口を開いた。美芳《メイファン》が佃を睨《ね》めつけた。

「わたしは本当に留学生ですっ」

「きみの母方の伯父は馬劉天《マーリユウテイエン》という名で、国家安全部外事部門の幹部だ。尖閣《せんかく》諸島の領有権を巡って対立してる日本の軍事情報はもちろん、外交機密も知りたいはずでしょ？」

「わたしは、日本で物理学を勉強してるだけです。石上さんには北京語を個人的に教えていただけですよ。恋仲になりましたけど、どちらも疚《やま》しいことはしてません」

「パスポートか留学生ビザを見せてくれませんかね」

佃が言った。

美芳《メイファン》は素直に長椅子から立ち上がり、クローゼットに歩み寄った。佃が美芳《メイファン》に近づく。

美芳《メイファン》がクローゼットからバッグを取り出し、手を差し入れた。次の瞬間、彼女の手許から白っぽい噴霧《ふんむ》が迸《ほとばし》った。佃が目頭を押さえた。

催涙《さいるい》スプレー缶を握った美芳《メイファン》が勢いよく一六一五号室から飛び出した。逃げるつもりなのだろう。

「石上を見張っててくれ」

岩城は大声で佃に命じ、部屋を走り出た。

美芳《メイファン》はバッグを抱え、裸足でエレベーターホールに向かって駆けていた。岩城は懸命に追った。

距離が縮まった。美芳《メイファン》が一瞬立ち止まり、ボールを投げつけてきた。ボールは通路に落ちた。ほとんど同時に、弾《はじ》けて無数の金属鋲《びょう》が飛び散った。

岩城は反射的に身を伏せた。

運よく金属鋲は一つも当たらなかった。岩城はすぐに起き上がり、散乱している金属鋲を飛び越えた。そのままエレベーターホールまで一気に走ったが、美芳《メイファン》を乗せた函《ケージ》は下がりはじめていた。

「くそっ」

岩城は歯噛みして、一六一五号室に駆け戻った。

佃が二つのベッドの間に立ち、シグ・ザウエルP230の銃口を石上に向けていた。片目しか開けていない。

「大丈夫か？」

岩城は部下に訊いた。

「ええ。不覚でした。美芳《メイファン》は？」

「逃げられてしまった。金属鋲の詰まったボールを通路に叩きつけたんだ。あんな物をバッグに入れて持ち歩いてるんだから、ただの留学生なんかじゃないな」

「ええ。石上を少し痛めつけましょうか」

「麻酔ダーツ銃で眠らせてくれ」

「はい」

佃がハンドガンを左手に持ち替え、麻酔ダーツ銃を引き抜いた。石上が尻《しり》を使って後退した。その右手は前に突き出されている。

佃が麻酔ダーツ弾を発射させた。腹部に被弾した石上は前屈みになってフロアに倒れ込み、数十秒で意識を失った。

「ワゴンを無断借用してきます」

佃がそう言い、部屋から出ていった。

岩城は、室内にあった石上の所持品をすべて検《しら》べた。だが、一連の殺人事件を解く手がかりは見つからなかった。

七、八分待つと、ワゴンを押した佃が戻ってきた。

岩城と佃は石上を持ち上げ、ワゴンの中に押し込んだ。シーツで体を覆い隠し、部屋を出る。

二人はワゴンを押しながら、エレベーターで地下駐車場まで下《くだ》った。スカイラインのトランクルームに石上を押し入れ、佃の運転でチームのアジトに戻る。

森岡たちは、まだ相模湖から戻っていなかった。岩城は石上をトレーニングルームのパイプ椅子に腰かけさせ、後ろ手錠を打った。

事務フロアでひと息入れていると、森岡・瀬島班が戻ってきた。利佳の衣服は湿っていない。たまたま着替えを車内に積んであったようだ。

「鷲尾了平《りょうへい》は二十七、真鍋到《いたる》が二十六歳です。どちらも前科歴はありませんが、中・高校時代に四、五回補導されてました」

利佳が報告した。

岩城は森岡たち二人にホテルでの出来事を話し、鷲尾と真鍋をトレーニングルームに押し入れた。前手錠を掛けて、床に直《じか》に坐らせる。

チームの四人は本格的に鷲尾と真鍋の取り調べをした。石上の自供と二人の裏便利屋の供述に食い違いはなかった。

やがて、石上の麻酔が切れた。石上は鷲尾たちに気づくと、がっくりと肩を落とした。

「工藤和馬と笹塚悠輝を第三者に片づけさせてはいないんだな？」

岩城は石上を見据えた。

「何度も同じことを言わせないでくれ」

「わかった。楊美芳《ヤンメイファン》は留学生なんかじゃないんだなっ。あの女を庇《かば》いつづけてると、あんたの罪は重くなるぞ」

「殺人教唆だって、充分に罪は重いよ。わたしの人生はもう終わったな。美芳《メイファン》にのめり込んだせいで、売国奴になってしまった」

「やっと外交機密を中国に売ったことを認めたか。美芳《メイファン》は工作員なんだな」

「…………」

「人生、諦めも肝心だぜ。殺人教唆罪で死刑になることはない。八、九年で仮出所できれば、生き直すこともできるじゃないか。男の平均寿命は八十近いんだ」

森岡が諭《さと》した。

「もう生きてたって、いいことなんかないさ」

「そうかもしれないが、家族はあんたに生きててもらいたいはずだよ」

「そうだろうか」

「ああ、そうさ。隠してることをすべて喋って、楽になりなさいよ」

「そうするか。美芳は、中国大使館付きの隠れ武官なんだ。日本の公安警察はそのことを把握してない。ただ、警視庁人事一課監察係の利根川伸光という管理官はそのことを知ってるはずだ。そいつが入江舞衣を契約愛人にしてたことを切札にして、一度、美芳《メイファン》と会えと強要したんだ。わたしは色仕掛けに引っかかって国を売るようなことはしたくないと思ってたんだが、美芳《メイファン》は男を蕩《とろ》かす性技を持ってた。だから、わたしは彼女の色香に惑《まど》わされて、日本の外交機密を次々に美芳《メイファン》に漏らしてしまったんだよ」

「その見返りとして、あんたは中国からいくら貰ったんだ？」

「一億数千万円だよ。中国のスパイの利根川は、わたしの何倍もの謝礼を貰ってるだろうな」

「利根川管理官自身があんたに威《おど》しをかけてきたのか？」

岩城は森岡を手で制し、石上に訊《たず》ねた。

「直《じか》に会ったことは一度もないんだ。利根川は電話で舞衣とのことをちらつかせ、美芳《メイファン》に会うことを強《し》いたんだよ。ボイス・チェンジャーを使ってるようで、いつも聞き取りにくい声だったな」

「なぜ、ボイス・チェンジャーを使う必要があるのか。妙だな」

「わたしはスキャンダルを恐れたため、犯罪者に成り下がってしまった。愚かだったよ。本当にばかだった」

石上が涙声で言った。三人の部下が顔を見合わせた。

岩城も釈然としなかった。石上は利根川管理官に罪をなすりつけて、誰かを庇おうとしているのではないか。そんな疑いが湧いてきた。

「この三人の身柄を本家に上手に引き渡しましょう。どんな方法がいいか、指示を仰いできます」

岩城は森岡に耳打ちして、トレーニングルームを出た。

5

翌日の午後三時過ぎである。

岩城は、杉並区方南にある石上宅の近くで張り込んでいた。スカイラインの助手席には、森岡が坐っている。

前夜は予想外の展開になった。岩城は神保参事官の指示で、麻酔ダーツ弾で眠らせた石上、鷲尾、真鍋の三人を日比谷公園内の植え込みの中に放置した。本家の捜査員たちが三人を引き取る手筈になっていた。

だが、捜査員たちの勘違いで放置場所を見つけるのに手間取ってしまった。先に麻酔の切れた石上勉が逃走を図ったのだ。自宅には戻っていない。首都圏のどこかに潜伏していると思われる。

忌々《いまいま》しいことは石上に逃亡されたことだけではない。駐日中国大使館付きの武官である楊美芳《ヤンメイファン》は今朝《けさ》、母国に帰ってしまった。治外法権に阻《はば》まれ、『シャドー』はなんの手も打てなかった。義憤はまだ萎《しぼ》んでいない。実に腹立たしかった。

着のみ着のままで逃走した石上は、いまに妻の遥《はるか》に接触するに違いない。岩城はそう睨み、森岡と四十六歳の石上夫人の動きを探ることにしたわけだ。午前八時過ぎから張り込みつづけているが、遥は自宅から一歩も出ていない。

佃と利佳は、工藤監察係長の上司だった利根川管理官に張りついている。特に不審な行動はとっていないらしい。

「昨夜、石上は利根川と称する男に電話で舞衣とのことをちらつかされて、一度、美芳《メイファン》に会えと威《おど》されたと言ってたよな？」

森岡が言った。

「自称利根川は、ボイス・チェンジャーを使ってたようだと石上は供述してました。おそらく利根川管理官自身が石上に電話をしたんじゃないんでしょう」

「こっちも、そんな気がしたんだ。脅迫者が名乗るケースは少ないからな」

「そうですね。石上は誰かを庇《かば》って、利根川管理官を一連の殺人事件の首謀者に仕立てるためのミスリード工作をした疑いがあります」

「そう筋を読むべきだろうな。いったい誰が利根川を陥れようと画策したのかね」

「そこまではわかりませんが、石上勉には共犯者がいるんでしょうね。そう思います。外務省のキャリア官僚は、つるんでる奴と中国に恩を売っといて、何か見返りを得ようとしてるのかもしれませんね」

岩城は言った。

「どんなことが考えられる？　領土問題で対立するようになってから、中国は貿易面で日本に協力しなくなってるな」

「ええ、そうですね。強硬外交の姿勢を崩してませんが、中国のバブルが弾けるのは時間の問題でしょう」

「最近、マスコミでそう報じられることが多くなったね。日本で物品を〝爆買い〟してる富裕層中国人がいることは確かなんだが、農村部の人々は貧しさに喘《あえ》いでるみたいだから、国全体が本当に豊かになったわけじゃないんだろうな」

「そう思います。以前のように対日輸出量を増さないと、いまに経済は破綻《はたん》するでしょう。地下資源、特にレアメタルを売り渋ってますが、そうこうしてるうちに買い手は他国と取引をするようになるはずです」

「だろうね。レアメタルの産出量は中国が多いんだが、ほかの国々にも埋蔵されてるからな」

「ええ。石上はキャリアですが、出世頭にはなれなかった。それで誰かと組んで、中国からレアメタルを輸入する事業計画を立てたんじゃないのかな。日本の外交機密を流して恩を売ったわけですから、中国もレアメタルを裏ルートで流す気になるんじゃないんですかね」

「それ、考えられるな。レアメタルを売り渋ってたら、値は下がってしまう」

「ええ、そうなるでしょうね。石上は誰かと組んで貿易でひと儲けしたくなったのかもしれませんよ。そうした汚れた野望を糸居の監察をしてた工藤警部に知られたんで、何らかの方法で見つけた笹塚に手を汚させたんじゃないかって筋読みだな？」

森岡が確かめた。

「ええ、そうです。石上と一緒に転身する気でいる人物が栗林弁護士や真崎教授の致命的な弱みを握って、笹塚は犯行時、心神喪失の状態だったという虚偽の精神鑑定をさせた疑いはあると思います」

「石上はヤメ検弁護士と同じスポーツクラブに通ってるが、精神科医の真崎とは接点がなかったからな」

「ええ、そうですね」

「石上の交友関係を洗い直す必要があるな」

「それを急ぐべきでしょうね」

岩城はポリスモードを懐から取り出し、神保に連絡した。スリーコールの途中で、通話可能状態になった。

「参事官、本家のどなたかに石上勉と親交を重ねてる友人や知り合いをすべてリストアップしていただけますか？」

「わかった。きのうは本家の連中が失敗《ドジ》を踏んだんで、チームのみんなに悔しい思いをさせてしまったね」

「誰にもミスはありますから……」

「岩城君は寛大なんだな。それはそうと、石上遥は外出する気配がないのか？」

「ええ、いまのところは」

「そうか。きみの推測は正しいと思うよ。いまに夫人は石上と接触するだろう。それまで粘ってくれないか」

　神保が電話を切った。

　それから間もなく、佃から岩城に電話があった。

「利根川管理官が外に出てこないんで、自分、十一階に上がって人事一課を二度ほど覗きに行ったんですよ。二度目のとき、部屋から管理官がたまたま出てきたんです。なんか焦っちゃいましたよ。尾行しても覚《さと》られそうだったんで、自分、利根川さんにストレートに質問しちゃったんです。石上勉に脅迫電話をかけたことがあるんじゃないかって」

「まずかったな。しかし、後の祭りだ。管理官はどう答えた？」

　岩城は訊いた。

「そんな電話はしてないと即答しました。それから、新宿署の捜査本部《チョウバ》にも情報を提供してないと言ってましたよ。嘘をついてるような顔じゃなかったな」

「管理官は濡衣を着せられそうになったんだと思うよ。工藤警部殺しの主犯に仕立てられそうになったんだろう」

「誰が管理官を陥れようとしたんです？」

佃が問いかけてきた。岩城は自分の推測をかいつまんで話した。

「リーダーの筋読み、正しいと思います。外務省のキャリアが単に美芳《メイファン》に溺れて外交機密を漏らしたんではありませんね。中国の地下資源か何かを安く輸入して富を得たくなって、正体のわからないパートナーと貿易の仕事をする気になったんでしょう。何を輸入したいのかは、いまの段階ではわかりませんけどね」

「そうだな」

「自分、管理官を陥れようとした人物に思い当たらないかって訊いたんですよ。利根川さんは少し考えてから、工藤警部の部下の古屋修斗主任は出世欲が強く、捜査本部事件の被害者や管理官を無視して、監察報告を保科首席監察官や人見人事一課長にすることが幾度もあったと言ってました。それから、古屋主任は利根川管理官の名を騙《かた》って風俗の店に通ってたこともあったそうです」

「もしかしたら、古屋修斗が管理官になりすまして新宿署の捜査本部に電話したのかもしれないな。佃、瀬島と古屋の動きを探ってみてくれ」

「了解です」

佃が通話を切り上げた。

岩城はポリスモードを上着の内ポケットに突っ込み、佃から聞いた話を森岡に伝えた。

「古屋って主任が石上勉の共犯者とは考えにくいな。な、リーダー」

「ええ、そうですね。古屋主任が取り入ってる相手が石上の共犯者《レツ》なんでしょう。石上と共謀して、工藤、笹塚、舞衣の三人を片づけさせたのは保科首席監察官か、人見人事一課長のどちらかなんじゃないのかな」

「どっちにしても、工藤和馬は上司によって亡き者にされたわけか。警察はどうかしてるぜ。腐り切ってるよ」

「堕落した者は、ほんの一部だと思いたいが……」

「キャリアや準キャリアの性根《しょうね》が腐ってりゃ、一般警察官《ノンキャリア》の士気《しき》は落ちる。悪徳警官は一万人、いや、三、四万人はいるのかもしれない。嘆かわしいな」

森岡が目をつぶって、首を振った。岩城も同質の失望を感じていた。

数十分後、神保参事官から岩城に電話がかかってきた。

「人事一課長の人見敏彦は石上勉と出身大学が同じで、しかもゼミまで一緒だったよ。石上は一浪して、東大に入ったんだ。卒業後はしばらく交友が途切れていたようだが、五年前の同窓会に出席したことで、二人は昔のようにちょくちょく会うようになったみたいだな」

「人見は、栗林弁護士と真崎教授の二人とは……」

「接点があったよ。四年半ほど前に箱根のゴルフ場の近くで轢《ひ》き逃げ事件があったんだが、未解決のままなんだ。七十九歳の女性が撥《は》ねられて死んだんだが、あいにく目撃者はいなかったらしい」

「栗林か真崎のどちらかが、逃げた加害車輌を運転してた疑いが濃いですね」

「そうなんだろう。人見は、事件を報じる地方紙にまで目を通してたそうだ。独自に轢き逃げ事件のことを調べ上げ、加害車輌に栗林と真崎の両方が乗ってたことを突きとめたんだろう。二人は名士なんで、下手に告発したら、まずいことになると思ったんじゃないのか」

「そうなのかもしれませんね。しかし、石上と野望を遂げるにはどうしても自分らの計画を知った工藤を抹殺する必要があった。で、どこかで実行犯の笹塚を見つけ、通り魔殺人を装わせ、弁護士と精神科医に協力を強《し》いたってことなんでしょうね」

「大筋はそうなんだろうな。笹塚を射殺した男は、おそらく殺し屋《プロ》なんだと思うよ。人見は、きょうは病欠らしい。石上と一緒に高飛びするのかもしれない。ジャンプされる前に、チームで二人を押さえてくれないか」

「そのつもりでした」

岩城は通話を切り上げた。

それを待っていたように、利佳から岩城に報告があった。

「古屋主任が毎年、人見課長の自宅に新年の挨拶に出向いてるという証言を複数人から得ることができました。佃さんからリーダーの筋読みを聞きましたけど、利根川管理官の名を騙って新宿署の捜査本部にもっともらしい情報を流したのは古屋主任なんだと思います」

「瀬島、また成長したな。佃と一緒に古屋の動きを探りつづけてくれ。ひょっとしたら、人見と接触するかもしれないからな」

岩城は指示して電話を切り、かたわらの森岡に利佳との遣り取《やと》りを伝えた。

石上宅から遥が姿を見せたのは、午後七時前だった。

夫人は大きな茶色のキャリーケースを引っ張っていた。夫の潜伏先に衣服や貴重品を届けに行くのか。

どう見ても、普段着だ。石上は自宅近くの公園か飲食店から妻に電話をしたのだろうか。遥が広い通りに向かって歩きだした。

岩城は遥が遠ざかってから、スカイラインを低速で走らせはじめた。

石上の妻は表通りに出ると、二百数十メートル先のファミリーレストランの広い駐車場に入った。

岩城はスカイラインを路肩《ろかた》に寄せ、ファミリーレストランの駐車場に視線を向けた。

石上夫人が足を止めたのは、黒いレクサスの横だった。すぐに運転席から五十年配の男が降りた。人事一課長の人見敏彦だった。

人見は石上夫人と短く言葉を交わすと、キャリーケースを車のトランクルームに納めた。遥が深く頭を下げ、レクサスから少し離れた。

人見がレクサスの運転席に乗り込み、じきに発進させた。岩城は用心深く人見の車を尾《つ》けはじめた。

レクサスは環八《かんぱち》通りをたどって、西へ向かった。三十分近く走り、小平《こだいら》市の外れにある八階建てのマンスリーマンションの前で停まった。

「石上勉はマンスリーマンションの一室に潜伏してるようだな」

森岡が言った。岩城は短い返事をした。

人見は車を降りなかった。携帯電話を耳に当てている。石上を表に呼び出すつもりらしい。

数分待つと、マンスリーマンションから石上が現われた。人見がレクサスを降り、トランクリッドを上げた。

「行きましょう」

岩城は森岡に声をかけ、先に車から飛び出した。人見と石上が、ほぼ同時に驚きの声を洩らした。ともに絶望的な表情だ。

岩城・森岡コンビは、人見たち二人を挟む形になった。

「どこまで調べ上げたんだ？」

人見が岩城に顔を向けてきた。

「あんたたちが共謀して、都合の悪い工藤警部を笹塚に刺殺させ、その後、殺し屋か誰かに偽の心神喪失者を射殺させたこともわかってる。鷲尾たち二人に入江舞衣を片づけさせたのは、石上なんだなっ」

「………」

「答えろ！」

岩城はホルスターからグロック32を引き抜き、安全弁を外した。人見だけではなく、石上も身を竦《すく》ませた。

「そうだよ」

「あんたは四年半ほど前に箱根で発生した轢き逃げ事件の加害車輌に栗林弁護士と真崎教

授の二人が乗ってたことを調べ上げた。ハンドルを握ってたのは、どっちだったんだ?」

「精神科医のほうだよ」

「真崎の致命的な弱みを握ったわけだから、虚偽の精神鑑定をさせるのは苦労しなかっただろうな」

「教授はまったく拒まなかったよ。轢き逃げ容疑で逮捕されたら、築き上げたものをすべて失うからね。栗林弁護士も犯罪者になりたくなかったらしく、検察の弱みを教えてくれたよ。おかげで、検察側は笹塚の再鑑定を要求しなかった。笹塚は町で見つけたんだ。何もかもがうまくいって、わたしたちはレアメタルを中国から安く輸入できると思ってたんだが。実はもうシンガポールにある二人が立ち上げた貿易商社は、ラオスのトンネル会社経由で三トンばかりレアメタルを格安で買い付けてあるんだよ」

「わたしが美芳《メイファン》に日本の外交機密を流してやったから、安く買い付けられたのさ」

石上が自慢げに言った。森岡がバックハンドで石上の顔面を殴った。石上が大きくよろけた。

「わたしたちが事業家に転じれば、数百億円の年商になるだろう。きみらを非常勤の役員にしてやるから、笹塚を射殺した傭兵崩れの今村稔《いまむらみのる》が工藤殺しの主犯ってことにしてくれないか。今村の隠れ家を教えるからさ。お願いだよ」

人見が拝む真似をした。

「あんたは利根川管理官に捜査の目が向くようにして、部下殺しに深く関与してることを隠そうとした。悪質だな。救いがないよ」

「きみたちを専務と常務にしてやろう」

「ふざけるなっ」

岩城は銃把《グリップ》の底で、力まかせに人見の側頭部を撲《う》った。骨が鈍く鳴った。

「乱暴なことはしないでくれーっ」

「あんたはキャリアだが、人間のクズだ」

岩城は言いざま、石上の股間《こかん》を蹴り上げた。

石上が両手で急所を押さえ、膝から崩れた。その背に森岡が強烈な手刀《しゅとう》打ちを見舞った。

石上が地に這い、拳《こぶし》で路面を撲《う》ちはじめた。

岩城は相棒と顔を見合わせ、小さく笑った。

著者注・この作品はフィクションであり、登場する人物および団体名は、実在するものといっさい関係ありません。

一〇〇字書評

切り取り線

購買動機（新聞、雑誌名を記入するか、あるいは○をつけてください）

□（　　　　　　　　　　　　　　　）の広告を見て
□（　　　　　　　　　　　　　　　）の書評を見て
□ 知人のすすめで　　　□ タイトルに惹かれて
□ カバーが良かったから　　　□ 内容が面白そうだから
□ 好きな作家だから　　　□ 好きな分野の本だから

・最近、最も感銘を受けた作品名をお書き下さい

・あなたのお好きな作家名をお書き下さい

・その他、ご要望がありましたらお書き下さい

住所	〒				
氏名		職業		年齢	
Eメール	※携帯には配信できません		新刊情報等のメール配信を 希望する・しない		

この本の感想を、編集部までお寄せいただけたらありがたく存じます。今後の企画の参考にさせていただきます。Eメールでも結構です。

いただいた「一〇〇字書評」は、新聞・雑誌等に紹介させていただくことがあります。その場合はお礼として特製図書カードを差し上げます。

前ページの原稿用紙に書評をお書きの上、切り取り、左記までお送り下さい。宛先の住所は不要です。

なお、ご記入いただいたお名前、ご住所等は、書評紹介の事前了解、謝礼のお届けのためだけに利用し、そのほかの目的のために利用することはありません。

〒一〇一‐八七〇一
祥伝社文庫編集長　坂口芳和
電話　〇三（三二六五）二〇八〇

祥伝社ホームページの「ブックレビュー」からも、書き込めます。
http://www.shodensha.co.jp/bookreview/

祥伝社文庫

警《けい》視《し》庁《ちょう》潜行《せんこう》捜《そう》査《さ》班《はん》　シャドー

平成28年2月20日　初版第1刷発行

著　者　南《みなみ》　英《ひで》男《お》
発行者　辻　浩明
発行所　祥伝社《しょうでんしゃ》
東京都千代田区神田神保町3-3
〒101-8701
電話　03（3265）2081（販売部）
電話　03（3265）2080（編集部）
電話　03（3265）3622（業務部）
http://www.shodensha.co.jp/

印刷所　堀内印刷
製本所　ナショナル製本
カバーフォーマットデザイン　芥　陽子

Printed in Japan ©2016, Hideo Minami ISBN978-4-396-34176-3 C0193

祥伝社文庫の好評既刊

南 英男
怨恨 遊軍刑事《デカ》・三上謙《みかみけん》
渋谷署生活安全課の三上謙は、署長の神谷《かみや》からの特命捜査を密かに行なう、タフな隠れ遊軍刑事だった——。

南 英男
死角捜査 遊軍刑事・三上謙
狙われた公安調査庁。調査官の撲殺事件の背後には、邪悪教団の利権に蠢く者が!? 単独で挑む三上の運命は!?

南 英男
癒着 遊軍刑事・三上謙
ジャーナリストが殺害された。国際的なテロ組織の関与が疑われたが、遊軍刑事・三上は偽装を見破って……。

南 英男
捜査圏外 警視正・野上勉
刑事のイロハを教えてくれた先輩の死。無念を晴らすためキャリア刑事は、先輩が携わった事件の洗い直しを始める。

南 英男
手錠
弟をやくざに殺された須賀《すが》警部は、志願してマル暴に移る。鮮やかな手口、容赦なき口封じ。恐るべき犯行に挑む!

南 英男
特捜指令
警務局局長が殺された。摘発されたことへの復讐か? 暴走する巨悪に、腐れ縁のキャリアコンビが立ち向かう!

祥伝社文庫　今月の新刊

富樫倫太郎
生活安全課0係《ゼロ》　バタフライ
マンションに投げ込まれた大金の謎に異色の刑事が挑む！

南　英男
警視庁潜行捜査班　シャドー
監察官殺しの黒幕に、捜査のスペシャリストたちが肉薄！

内田康夫
氷雪の殺人
日本最北の名峰利尻山で起きた殺人に浅見光彦が挑む。

西村京太郎
狙われた寝台特急「さくら」
人気列車で殺害予告、消えた二億円、眠りの罠――。

安達　瑶
強欲　新・悪漢刑事《わるデカ》
女・酒・喧嘩上等。最低最悪刑事の帰還。掟破りの違法捜査！

風野真知雄
笑う奴ほどよく盗む　占い同心　鬼堂民斎
ズルもワルもお見通しの隠密易者が大活躍。人情時代推理。

喜安幸夫
闇奉行　影走り
情に厚い人宿の主は、奉行の弟!?　お上に代わり悪を断つ。

長谷川卓
戻り舟同心
六十八歳になっても、悪い奴は許さねえ。腕利き爺の事件帖。

佐伯泰英
完本　密命　巻之九　極意　御庭番《おにわばん》斬殺
遠く離れた江戸と九州で、父子に危機が降りかかる。

佐伯泰英
完本　密命　巻之十　遺恨《いこん》　影ノ剣
鹿島の米津寛兵衛が死んだ!?　江戸の剣術界に激震が走る。